弟と僕の十年片恋

黒枝りい

幻冬舎ルチル文庫

C O N T E N T S ✦目次✦

弟と僕の十年片恋

✦カバーデザイン＝久保宏夏（omochi desugn）
✦ブックデザイン＝まるか工房

イラスト・コウキ。

弟と僕の十年片恋

一九八五年。

通学鞄《かばん》をあけると、課題のプリントに混じってピンクチラシが入っていた。乳首に星マークをつけたトップレスの女がほほえみかけてくる一枚の紙切れに、悪い意味で心臓がドキドキしてしまう。

最悪だ。きっと旭《あさひ》の仕業《しわざ》に違いない。

五歳下の、義理の弟。

隙《すき》を見ては、兄を困らせようとする、いつも仏頂面《ぶっちょうづら》のかわいくない弟の顔を思いだしながら、鷹浜卓《たかはますぐる》は、さりげなく鞄の口を閉じ、そっと教室内を見回した。幸い、夏休みの登校日は出席率も低く、人がまばらな教室で卓の動揺に気づくものはいないようだ。

これ幸いと、鞄の中に手を入れ、ピンクチラシだけをくしゃりと丸める。それでも、クラスメイトにこの所持品を見透かされているような妄想が脳裏をかすめた。

その妄想をあおるように、教室の隅でどっと女子生徒の笑い声があがる。

はっとして顔をあげると、数人の女子生徒がこちらを見つめていた。エスカレーター式のいわゆる「おぼっちゃま、お嬢様」校にふさわしい可憐《かれん》な制服に身を包んだクラスメイトは、みんな好意的な表情でこちらに向かって手を振ってくれているが、返す卓の笑顔はちょっとひきつってしまう。

バレたかな。

そんな恐怖にかられ、卓は意味もなく丸めたチラシを鞄の底におしつけると、ゴミ箱に捨てるのを諦《あきら》めた。

そのタイミングを見計らったように、こちらを見ていた女子の一人が近づいてくる。つい、鞄を抱くようなポーズになってしまった卓に、女子生徒は小首をかしげると唇を開いた。

「鷹浜くん、久しぶり。どう、夏休みの宿題、進んでる？」

「お、おはよう。進んでるよ、ほら、さっさと終わらせて、八月はいっぱい遊びたいし」

「ほんとに？　すごーい、私もそのつもりだったんだけど、ぜんぜんだめ」

はにかむように笑うクラスメイトは、少し焼けていた。もう、海にでも行ったのだろうか。いっぱい遊びたい。なんて言いながら、どこかにでかけるあてもなく、日に焼ける予定もない卓は、鞄だけでなく、彼女の小麦色の肌にも嘘をついているような居心地の悪いものを感じて、そっと視線をそらした。

「ねえ、私達、来月の終わりくらいに、みんなで泊まりで自由研究するんだけど、鷹浜くんもどう？　佐野《さの》くんとか、泉《いずみ》くんはもう参加決まってるんだ」

「自由研究？　僕達だけで泊まりだなんて、怒られないか？」

「大丈夫だよ。みんなでノストラダムスの研究するんだ、面白そうじゃない？　夕べもテレビでやってたでしょー。なんか、地球が滅びたあとにも予言が続いてるらしくてさ」

まるで大事な内緒話のように瞳を輝かせるクラスメイトの言葉に、卓の笑みが曖昧《あいまい》なものに変わっていく。

ちょうど夏休みに入る前に、テレビで特集が組まれていたノストラダムスの大予言は、思えば子供の頃からちょくちょくと世間を騒がせていた。

一九九九年になると、世界は滅亡するらしい。いや、地球だったか。

ほんの十四年先の話だが、高校生活を送る卓には、どうにも想像のつかない未来のことすぎて、急に滅亡するなんて言われてもピンとこない。

それなのに、漠然とした不安だけは胸に巣食うせいか、卓はこの大予言とやらが好きではなかった。

けれども、学校の怪談から宇宙人グレイ、ノストラダムスの大予言だの、そういった未知の世界の話は、何度クラス替えを経験してもいつでも大人気だ。

自由研究に参加すれば、丸一日辛気くさい我が家から解放され、彼女と同じくらい肌も焼けるだろう。だが、その題材がいかにも気に入らなかった。

「来年の夏休みは、受験で大変じゃん。だから、今年くらいはみんなで馬鹿騒ぎみたいな自由研究も面白いかなと思って。それに私もその……鷹浜くんが泊まってくれたら嬉《うれ》しいし、なんちゃって」

言葉尻をなぜか茶化しながら、落ち着かない様子で体を揺らしたクラスメイトは、少し頬《ほお》を赤く染めたように思えたが、焼けた肌の見せた幻覚かもしれない。

高校の夏休みの、へたをすると最後の思い出になるかもしれないのに、誘いに揺れる卓の心を、鞄の中でつぶれたままのピンクチラシが引き留めた。

夏休みが始まってそろそろ一週間。卓に輪をかけて、弟の旭は家に引きこもったままだ。

小学六年生にしては、ひょろひょろと手足の伸びた、茶髪の背高《せいたか》のっぽ。やましいチラシを兄の鞄に入れるような可愛げのないいたずらをして、今ごろ卓が恥をかいて帰ってくるのを待っているにちがいない。

けれども、卓が帰らない日は、あの子はどうやって過ごすのだろう。

「誘ってくれてありがと。でも行けそうにないや。親戚の家に行く日にかぶりそうだから」

女子生徒はひどく気落ちした様子だったが、直後に担任教諭がやって来たため、話はそこで打ち切りとなった。

親戚の家に行く予定なんて本当はない。

嘘をついてまで友人らの誘いを断ったバチがあたったのか、せっかくの登校日に提出予定だった宿題は、鞄の中でピンクチラシに巻き込まれ、一緒にくしゃくしゃになっていた。

「課題提出のための登校日に、課題忘れましたって、お前何しに登校したんだよ、卓」

まさかみんなの見ている前で、ピンクチラシと課題のプリントをよりわけるわけにもいかず、卓の登校日は無駄に汗だけかいて終わってしまった。

初等部から一緒の友人にならら何を言っても大丈夫だろうと、卓は蝉《せみ》の鳴きわめく帰路、並んで歩いていた春城《はるき》に溜息《ためいき》をこぼしてみせた。

「弟がまたやらかしやがったんだよ。ピンクチラシとプリントがごっちゃでさ。みんなにバレてたらピンチラとかそんなあだ名がつくとこだった」

「ピンチラって裸のねえちゃんの乳首に星マークついてるやつ？　ははは、お前の弟怖《こえ》ぇ」

「笑い事じゃないよ。お前、あんなもん学校で人に見られたらと思うと、怖いどころじゃなかったんだからな」

「バレたら、お前のモテモテ人生も、新学期からは『鷹浜くん気持ちわるーい』って言われる日々に早変わりだったな。いやあ、残念」

春城のいう「モテモテ」というほどモテている自覚はないが、卓の顔立ちは女子生徒がはしゃぐ程度には整っていた。

やわらかな輪郭《りんかく》の細面《ほそおもて》についた奥二重の目元は涼しげで、額《ひたい》の真ん中で分けた黒髪は、いつもさらさらとこめかみの肌を撫《な》でている。逞《たくま》しさや男らしさという点ではほかのモテる男子生徒には劣るが、いつも姿勢のよい立ち姿は、決して卓をひよわに見せることはなかった。親戚に、日本人形みたいね、と言われたことがある。作りの綺麗《きれい》な置物。皮肉混じりとはいえ、容姿については、誰もが褒《ほ》め言葉を選ぶのが常だった。

「でもまあ、モテるかモテないかはともかく、ピンクチラシの件はちゃんと叱《しか》ってやらないとな。どうするんだ、お兄さま？」

高級住宅地に足を踏み入れると、もう鷹浜家は近い。

したたる汗を手で拭《ぬぐ》いながらの春城の声には、おどけている反面、気遣いのようなものも見てとれた。

どんなに小綺麗な街に見えても、近隣住民の噂話好きは集合団地と変わらない。ましてや、隣家に住む春城は、鷹浜家にまつわる噂の嘘も本当もなんでも知っていた。

通学鞄にいたずらするような弟と卓が、面と向かって喧嘩《けんか》しにくい仲だということも。

大理石の表札に「鷹浜」とある大きな門扉の前で二人そろって立ち止まる。

「俺がかわりに叱ってやろうか？　隣のお兄ちゃんのよしみで」

「悪い春城、弟の中でお前は、お隣のお兄ちゃんじゃなくて、やたら隣の家の窓からのぞいてくる小さいおっさんなんだ」

「あいつ……毎日ランドセルに見知らぬおっさんの写真入れてやる」

「どこのおっさんの写真だよ」

しかし、春城が叱るという案は、卓としては悪くなかった。

弟の旭のいたずらに母は興味がないし、父は関心がない。かといって、高圧的な兄になりきれない卓の説教もさしたるダメージを与えることができないのだ。

本当に春城に叱ってもらう気はないが、赤の他人が見ていてくれれば自分も弟を前にして落ち着いていられる。と思い、卓は春城を誘うと我が家の玄関扉に手をかける。

そして、重たい扉を勢いよく開けると、玄関先にうずくまる人影が目に飛び込んできた。予期しなかった存在に、ふたりでぎょっとして身を竦《すく》ませる。

「な、なんだなんだ、死体か？」

「やめろ、人んちを勝手に刑事物語のロケ地にするな」

卓は鞄を放り出すとそっと人影に近寄った。あがりがまちに行き倒れのようにしてうずくまっているのは、さっきから散々話題にしていた弟の旭に間違いない。

玄関マットにこてんと落ちた横顔は、相変わらずアメリカ人の母親譲りの白い頬で、てんてんと薄いそばかすが浮いている。ふわふわの茶色い髪は、玄関脇の窓から差し込む強い日差しに、いつも以上に輝いていた。

その表情は、癇癪《かんしゃく》ばかり起こす普段と違って穏やかで、近づけば蝉の声に紛れて静かな呼吸音が聞こえる。

「おい、旭……？　お前、まさかこんなとこで寝てるのか……？」

軽く頬をつつくと、わずらわしげなうめき声が聞こえ、また呼吸音がすやすやと後に続いた。その様子に安堵《あんど》したのか、春城も一緒になって旭を覗《のぞ》きこんでくる。

「本当に寝てるのか、こんなとこで。器用な奴だなあ。もしかして、お前が帰ってくるの待ってたんじゃないか？」

「はあ？　なんでだよ」

「だってほら、せっかくピンクチラシのいたずらしたんだから、怒って帰ってくるのなら反応が見たいのが、いたずらっ子の精神だろ」

「いたずらっ子に詳しいな、お前。そういえばこないだ僕の教科書にぱらぱら漫画が……」

「ど、どうする旭のやつ。ここで寝かせとく？　それとも、起こして叱ってやる？」

下手《へた》な話題逸《そ》らしに、しかしピンクチラシよりマシないたずらだったと思いなおし、卓は再び弟を見下ろした。

家の中はシンとしていて、いつも午前中家事のためにやってくる家政婦は、もう帰ってしまったようだ。

昨日も一昨日も、旭は日がな一日家の中で過ごしていた。今日もそうだったのだろうか。

旭の肩を揺すってみた。むずがるような声とともに、睡魔に浸る重たい体の感触が手に伝わってきた。

卓は気がぬけた様子であがりがまちに腰を下ろした。

「起こしてまで叱るのも可哀想《かわいそう》だし、このまま寝かせてやるよ。悪いな春城、ここまで来てもらったのに」

「なんの。お前ってなんだかんだいって、いいお兄ちゃんだよな。じゃあ、俺いったん帰るわ。ピンクチラシの件は、ちゃんと叱ってやるんだぞ」

「はいはい」

「あと、これやっといてくれ。クラスの女子から今日回ってきたんだ」

帰り際の春城が鞄から取り出したのは一枚のハンカチだった。淡い桃色の布は、無造作にいろんな糸が張り巡らされている。

広げてみると、その糸は見覚えのある名前をいくつも形作っていた。

「何これ」

「知らないか？　今流行《はや》ってんだよ。ノストラダムスの予言あるじゃん、あれで地球が滅亡しても、死なないためのおまじない」

滅亡してほしくはないが、滅亡した世界に生き残るのも面倒臭そうだ。

そんなロマンのないことを考える卓の脳裏に、確かにクラスで流行っていたおまじないの話がちらついた。

ピンクの新しいハンカチに、一日どこかの神社に結んでおいた糸で、大事な人の名前を縫いつけて一九九九年に燃やせば、そこに名前のある人は助かるんだったかなんだったか。テレビでそんな話を見かけたことはないのに、手の込んだおまじないというものは、いつも気づけば流行っている。

「みんなでクラスメイトの名前入れるんだってさ。お前の名前はもう入ってるぞ。三回も。モテモテだな」

誰が誰の名前を入れる、というルールはないらしい。となると、名前を入れてもらえないクラスメイトもいそうだが、女子生徒はときおりひどく残酷だなと卓は溜息を吐《つ》いた。

「面倒臭ぁ。この刺繍《ししゅう》に使う糸って、二丁目の神社の神木に一晩縛ったりするんだろ」

「そうそう。大事な人のことを心から思いながらお清めするんだって」

おどけたように言いながらも、春城からも面倒臭いと言いたげな空気がある。しかし、女子生徒が一丸となってすすめる「クラスメイト滅亡回避計画」に水をさしては、残る高校生活を穏やかに過ごせるかどうか……。

仕方なく、卓は丁寧にハンカチをたたむと膝の上に置いた。

「手芸苦手なんだけど。終わったら、次誰に回せばいいんだ？」

「加藤《かとう》。来週部活で会うから、預かってやるよ」

言うなり、春城は卓の礼の言葉も聞かずに玄関扉を開けた。外の蟬の音が一瞬倍増し、春城の姿が扉の向こうに消えると同時に、再び遠い音に変わる。

卓の頭の中では「大事な人」というフレーズがいつまでもこだましていた。

鷹浜家の玄関はいつも綺麗だ。リビングも、自分たちの部屋も。

だが、生活臭に欠けているような気が、卓はいつもしていた。

不動産や、他業種の子会社にまで手を広げているホテルグループ経営者の父と、官僚一家の生まれの母。それに午前中だけ来る家政婦と、長男の卓と次男の旭。

誰もが羨《うらや》む、裕福でバランスのとれた家庭は、しかし真夏の蟬の合唱でさえ打ち破れぬ、薄い膜のようなものに個人個人が包まれ、決して肌が触れあわないような違和感がある。

卓は、放り出したままだった鞄を手繰《たぐ》り寄せて、ピンクチラシを取り出した。

卓がこの家に来たのは、彼が十二歳の頃だった。良家の娘だった母の最初の結婚相手は、卓が物心つくまえに亡くなった。恋しい気持ちはあるものの、写真の中に写る男を見て「父親」という実感が湧くかは難しいところだ。母の再婚が決まったときは、少し嬉しかった。

あれから五年間。口さがない親戚の嫌味に辛《つら》い思いをさせられたことはあっても、新しい父に嫌な思いをさせられたことは一度もない。

同時に、深い親しみを覚えたり、自然と「父さん」と呼べたことも一度もない。

険悪な仲ではないが、親しいわけでもない。その中途半端な距離は、家族という逃げ場のない小社会にいると、なんとも息苦しい。

けれども、時折思うのだ。もし、旭という少年が家にやってこなければ、彼の存在を知らずにいられたら、とうの昔に自分は父を「父さん」と呼んで、禍根《かこん》なく慕えていたのではないかと。

じっと見下ろす旭の白いこめかみが、汗にしっとりと濡《ぬ》れている。

つんと尖《とが》った鼻のラインは日本人離れしていて、今は目を閉じているが、瞳はいつ見ても不安にさせられる淡いグレーだ。

こういう色は慣れない。そう、慣れていないだけだ、決して彼が嫌いなのではない。

「旭……いくら夏でも、こんなところで寝てたら、風邪ひくぞ……」

そっと囁《ささや》きかけると、ぴくりと、旭の肩が跳ねた。

こうして見つめているとしみじみと思う。大きくなったものだと。

母の再婚からわずか半年後。ぎこちない親子三人の生活に、突如としてこの旭は現れた。旭そっくりの髪と目の色をした、驚くほど背の高いアメリカ人が鷹浜家にやってきたかと思うと、当時七歳だった旭を置いて帰っていってしまったのだ。

今の父が独身時代、出張先のアメリカでつきあっていた女らしい。百九十センチのモデル業の女は、猪首《いくび》で無口、頑固一徹な父ととてもつきあえるようには思えなかったが、父の金狙いという雰囲気でもない、風変わりな女だった。

彼女は父の帰りを待ちもせず、ただ母に「再婚相手が子供嫌いなの」とだけ言って、旭との別れを惜しみもしなかった。

ぼんやりと玄関に立ち尽くす母の後ろ姿と、今から処刑される罪人のような硬い表情でうつむく七歳の少年。

階段の陰から見守っていたあの光景は、五年経《た》った今でもときおり卓の脳裏に蘇《よみがえ》る。

その日、父母の間でどんな話しあいがもたれたのかは知らないが、翌日から鷹浜家のダイニングテーブルには、椅子《いす》が一つ増えた。

父の、血の繋《つな》がった息子の椅子。

鷹浜家の家族はぎこちない。父は意固地《いこじ》なほどに卓ばかり息子扱いをして、旭の相手はあまりしないし、一方で母は、卓よりもなるべく旭の相手をしようとする。

旭から父親を奪っているような罪悪感と、旭に母をとられたような嫉妬心《しっとしん》。

その両方を抱き煩悶《はんもん》する卓の気も知らず、旭は家族になったその日からいたずら盛りだ。

ピンクチラシなど可愛いもので、昨日はクローゼットの中に籠城《ろうじょう》していたし、一昨日はベッドに麦茶でお漏《も》らし偽装をされてしまった。毎日、さして危険ではないがそれなりに困るいたずらのバリエーションを考える暇で、少しは学校の友達と仲良くする方法を考えてくれればいいのだが。

感傷にひたりながら、じっと今年十二歳の弟の横顔を見ていた卓は、ふと弟の瞼《まぶた》が震えていることに気づいた。そういえば、肩も少し強張《こわば》っている気がする。

「旭、お前もしかして、起きてるんじゃないだろうな」

「……」

「……寝てる旭は可愛いなあ。お兄ちゃん、ほっぺにちゅーしちゃおうかな」

言い終えるか終わらないかのうちに、ぐったりと寝入っていたはずの弟の体が跳ね起きた。

かっと開かれた瞼の向こうに、ようやくグレーの瞳が見えて、卓は我知らずほっとしてしまう。

白い頬は、今までの暑さが一気に染みたとでもいうように、朱に染まっていた。

「おはよう旭」

「ば、ばーかばーか！　ちゅーとかいうなよ、気持ち悪いだろ、馬鹿兄ちゃん！」

寝ていた横顔は、あんなに大人《おとな》しかったのに、こうして口を開けばいつもの可愛くない弟だ。

どんな日本語よりも「馬鹿」を先に覚えたのではないかと、内心卓は疑っている。

「やっぱり狸《たぬき》寝入りだったのか。可愛い弟が行き倒れてるから心配したんだぞ。春城と一緒に」

「あ、あんなちっちゃいおっさんと帰ってきてやいやい言うから、目がさめたんだ」

「なんだ、本当に寝てたのか。こんなとこで」

「寝てないよ！　ちょっと、玄関にいたら、誰も帰ってこないから……。だいたいそっちこそなんだよ、今日は午前中に帰ってくるって言ったくせに」

なんでそんなことで怒られなければならないのか。と少しばかりむっとしながら、卓は手にしていたピンクチラシを弟の目の前につきだして見せた。

知らないフリをする余裕がないのか、気まずそうに旭がさっと目を逸らす。

ほんとうに、顔に朱が上ってからの旭は、嘘が下手だ。いたずらばかりする旭と、ぎりぎりのところで親しくしていられるのは、彼のそんな不器用さのおかげだろう。

「お前、ほんとに春城の言うとおり、いたずらの成果見たくて待ってたのか。それより旭、お前がそんなに、この写真のお姉さんが好きだとは知らなかった」

「は、はあっ?」

「僕に遠回しにアピールするくらいだもんな。でも駄目だぞ、こういうチラシを子供が持ってちゃあ。どうしてもこのお姉さんと結婚したいってんなら、お父さんに頼んで、ここの電話番号に電話してもらおうかな」

これ以上色は変わらないだろうと思っていた旭の顔が、いっそう赤く燃えあがった。

きっと自分のくだらないいたずらに、卓がどれほど腹を立てているか楽しみにしていただろうに、その余韻を味わう暇もなく卓の反撃に翻弄《ほんろう》される姿は、どんなに成長しても低学年時代から変わらない。

「と、父さん関係ない! 父さんには絶対言っちゃダメだかんな! だいたい、そういうこと言われるの、兄ちゃんのはずだったのに! 兄ちゃんの馬鹿!」

「なんだなんだ、お前は僕が、このピンクチラシのせいで学校でからかわれてもいいと思っていたのか。酷《ひど》いな〜お兄ちゃん傷ついちゃうなあ」

「ち、違うし!」

「違うのか。違うのに、こんないやらしいチラシをお前は大事にとってたのか。そっか〜旭は変態だな〜」

違う違う。と、文字通り地団太《じだんだ》を踏む旭は、昔に比べて背が伸びたせいか少し滑稽だ。

小さな顔と長い手足はどこかアンバランスで、そのちぐはぐさに、卓はいつも自分とは違う生き物のような気がして、落ち着かない心地にさせられた。

春城の言うとおりだ。少しはまともに叱ったほうがいいのかもしれない。

いつまでたっても、こんなつまらないいたずらをさせていてはいけないような、そんな気になって、卓はむくれた弟を大人の顔で見上げた。

「旭、今日は何して過ごしてたんだ」

「そんなこと、兄ちゃんには関係ないじゃん。兄ちゃんこそ、何してたんだよ」

「学校行ってただろ。お前も、夏休みだからって家でだらだらしてないで、学校のプールにでも行ったらどうなんだ」

皺《しわ》を伸ばし、丁寧にピンクチラシを四つ折りにすると、その小さな紙片を旭のポケットにねじこんでやる。

「暑いのが嫌なら、うちに友達呼べばいい」

言ったとたん見開かれた、旭のグレーの瞳に、自分の顔が映っている。

その淡く揺れる自分のシルエットに、卓はどうしてか、酷いことを言ったような気になった。

その予感が的中したように、あんなに赤かった旭の顔色がいつもの白さを取り戻す。

「兄ちゃんには関係ないじゃん！」

いや、いつも以上に白い。そう思うのと、弟が卓の膝に置いたままだったハンカチを取り上げるのは、同時だった。

あ、と思う間もなく、旭の手がハンカチを玄関に投げつける。

ノストラダムスの大予言だなんてバカバカしい。

そう思っているのに、いざ、女子生徒の言い出したおまじないの布きれが地べたに投げつけられるのを見ると、本当に悪いことが起こるような気がして卓は色を失った。

「何するんだよ、旭！」

「どうせノストラダムスで地球は滅びるのに、学校なんて行くだけ無駄じゃん！　俺は、女子みたいなおまじないやる、かっこ悪い兄ちゃんとは違うんだからな！」

「行くだけ無駄って、お前……友達がいないから拗《す》ねてるだけだろ！　どっちがかっこ悪いんだ！」

「うっさい馬鹿！　夕べもテレビで言ってただろ。友達なんかいたってどうせノストラダムスで滅びるんだぞ。兄ちゃんだって、隣のチビと友達やってても無意味なんだかんな！」

「この野郎っ」

怒りに、かっと頭の中が沸騰したようになる。

たまらず膝をついて立ち上がろうとすると、それより早く旭は駆け出してしまった。目の前の階段から三階へ、すさまじい勢いで足音が消えていく。

「おい、待て旭！　お前、いい加減にしろよ！　ふざけてんのか！」

三階から、乱暴な扉の開閉音が聞こえてきた。

扉一枚で逃げられると思っているその都合の良さが本当に腹立たしくて、どうしてあんなやつの寝姿を見守っていたのかと、ほんの数分前までの自分に嫌悪がこみ上げる。

あんなやつ、弟でもなんでもない。可愛げがないし、デリカシーだってない。ノストラダムスの大予言で本当に地球が滅びると思っているのなら、とんだ馬鹿ガキだ。そのガキの癇癪で、人の大事な預かりものまで足蹴《あしげ》にされるなんて我慢できない。

胸のうちには、そんな悪態が、憎悪の色をなしていくつも浮かび、とめどなく膨らんでいく。

「くっそ……」

力なく、またあがりがまちに腰を下ろすと、卓は頭を抱え込んだ。

あんな奴嫌いだ。本心からその想いがこみ上げてくるのに、その嫌悪に、得体のしれない罪悪感がいつもつきまとう。

靴先に落ちたハンカチを拾う気にもなれないまま、卓は級友の自由研究の誘いに乗っておけばよかったと、今さら後悔した。

そうすれば、あんなに腹の立つ弟と、一晩だけでも離れていられたのに。

ふと見ると、ハンカチの端に、自分の名前が見えた。誰が刺繍してくれたのか知らないが、滅亡してほしくないと願いながら誰かの名前を真剣に刺繍させるなんて、ノストラダムスとやらも罪深い男だ。

あいつのせいで、こんなことになった。

卓の嫌悪はそうやって、幼い弟に直接ぶつけられないまま、見知らぬ偶像へぶつけられるのだった。


旭と喧嘩をするのは初めてではない。

これまで何度もあったし、そのほとんどは、旭のいたずらが行き過ぎて、彼が癇癪を起こすだけだ。卓はそう信じていたし、事実そういう喧嘩がほとんどだった。

だから、卓自身、言い過ぎてしまったことはすぐに忘れてしまう。

にもかかわらず、卓が「俺も悪かったんだろうか」と悶々《もんもん》とするようになったのは、構ってもらいたがり屋で怒りの長続きしない旭が、珍しくあの日から口をきいてくれなくなって、一週間が過ぎようとしていた頃だった。

「春城、これ頼めるか」

隣家の幼馴染《おさななじみ》を訪ねると、春城の母が冷えたカルピスをご馳走《ちそう》してくれた。

少し濃いめのそれを飲みながら卓が取り出したのは、先週旭に玄関に捨てられたおまじないのハンカチだ。少し悩んだが、不器用なこともあって、刺繍はクラスで一番簡単な「田中《たなか》一《はじめ》」にしておいた。さして目立つ生徒ではないが、ハンカチの中では大人気だ。

「あー、持っていっとく。糸、ちゃんと神社で一晩お清めしたか？」

「お前こそ、ちゃんとやったのかよ」

「やらねえよ。何が悲しくて豊作の神様に、地球滅亡回避のお願いしなきゃならないんだ。でも、お祭りの準備手伝いに境内《けいだい》に行ったら、けっこう神木に刺繍糸結んであったから、うちのクラス以外でもやってるみたいだなあ、このおまじない」

「神社の人に怒られないのか？」

「さあ？　あ、そういえばお前の弟も見かけたぞ、一昨日くらいに。まだ喧嘩中なのか？」

弟、という単語に、すぐにむくれた顔をしてみせた卓を見て、友人は隣家の兄弟戦争がまだ激しいことに気づいたようだ。

一昨日くらいまでは同情気味に愚痴《ぐち》を聞いてくれていたのに、今日はさすがに飽きたのか、呆《あき》れた様子を隠しもしない。

「お前のほうがお兄ちゃんなんだから、あんまり意地はるなよ。可哀想だろー」

「あんな奴、可哀想でもなんでもないよ。くだらないことしか言わないんだから……」

ハンカチが目の前にあるせいか、卓はすぐに旭のあのつまらない癇癪を思い出してしまい、春城まであいつを庇《かば》うのかと思うと懐かしい怒りが生々しく蘇ってきた。

しかし、他人の強みか、春城は落ち着いたものだ。

「くそ暑い境内で、一人で遊んでたぞ。ただでさえ友達いないんだろう、あいつ？　お前と喧嘩して、家にいづらいってんなら、可哀想じゃないか」

「クーラーがついた個室があって、母さんはあいつに甘いし、冷蔵庫にはお中元のジュースがいっぱいあるのに、何がいづらいんだか」

弟に負けず劣らず可愛げのない返事をしながらも、卓はあの日の喧嘩を思い出すついでに、珍しく自分の言動も思い出してしまっていた。

旭、今日は何して過ごしてたんだ。

確かに卓は、旭にそう言った。彼が、自宅に友達をつれてきたことは一度もない。それに、通知表に、クラスに打ち解けないと担任から注意書きがあったことも知っている。

それなのに、友達をうちに呼べばいい、なんてことも言った気がする。

しかしあれは、兄としてのアドバイスのつもりだったのだが。

「……」

「おい、卓？」

「あ、いや……。旭の奴も、いい加減友達作って、夏休みくらいもっと元気に過ごしてくれたら、僕も余計な気をつかわずにすむのにと思ってさ」

愚痴をこぼす卓の手の中で、カルピスが揺れた。

白い水面は、まるで旭の肌のようだ。

「中学になったら、環境も変わって友達できるかもよ。ガキの頃ってさ、みんな、自分と違う奴のことはからかうもんじゃん」

春城の言葉が、卓の胸に深く刺さる。

茶色い髪と、白い肌。グレーの瞳に、あっという間に大人のような背丈になった、あのアンバランスな体。

旭が友達と遊ばないのは、友達がいないからだ。

ただでさえ癇癪持ちで、複雑な家庭事情に心を閉ざしがちのところへきて、卓の通う学校の初等部に突如として現れた旭の容姿は、からかわれるには十分な材料をそろえていた。

一度、旭がクラスメイトと摑《つか》み合いの喧嘩をした、といって母が学校から呼び出されたことがある。

一目散に駆けつけた母と一緒に帰ってきた旭は大人しいものだったが、以来彼が学校で暴れたという話は聞かない。

うすうす気づいてはいた。母に迷惑をかけたくないのだろうことを。

クラスメイトにからかわれても喧嘩もできず、ただ家に帰ってきて、日がな一日ぎこちない家庭の中で息を殺して過ごしている。そんな旭の姿に、卓はどこかで、自分の本音を重ねあわせることがあった。

息苦しい。何もかも揃《そろ》っているのに、孤独だと感じることへの後ろ暗さ。

「でもさ、こんな長引く喧嘩って珍しいよなお前ら。昔に比べて、めちゃくちゃ兄弟っぽくて、いいんじゃね？」

カルピスを一気に飲み干し、春城が笑った。

旭に共感し、旭に同情し、そして旭を相手に、お兄ちゃんぶって自分の家族としての立ち位置を確認している。

そんな自分の、旭と変わらぬ子供っぽさを見透かされたような気がして卓はうつむいた。

「……友達いないって知ってるくせに、友達呼べば、は無神経だったと思うから、それだけ謝ろうかな。でも、それ以外は、僕悪くないから、絶対謝らないけど」

卓の決断に、春城はただにやにやと笑っていた。

この気楽な空気に背中を押されているうちは、いくらでも素直になれそうだ。

いつもは夕食の時間直前に帰宅するのに、この日は空が青いうちに自宅に戻ると、人の決意に反して、家の中は静かなものだった。

母はともかく、珍しく旭の姿までない。また近所の神社で一人で遊んでいるのだろうか。

静かすぎる家になんとなく不安を煽《あお》られ、卓はこっそり旭の部屋を覗きこんだ。

父の方針で、個室に鍵はない。卓の隣の部屋は、自分の部屋かと見まがうほどに、お揃いの家具が整然と並んでいた。違うことといえば、そこら中に散らばる落書きだらけの画用紙や、図書館の本の存在だろうか。あとは、窓辺に置かれた朝顔の鉢植え。

一応宿題は真面目《まじめ》にやっているらしく、懐かしいプラスティックプランターの中で、紫色のつぼみがいくつか膨らんでいる。

その鉢植えの足元に、ふと見慣れた道具を見つけ、卓は目を瞬《しばたた》いた。

一瞬迷ったものの、胸中弟に謝りながら、そっと他人の部屋に足を踏み入れる。

朝顔のつぼみの下にあるのは、母の裁縫道具だ。嫁入り道具だというそれは卓の祖母のもので、美しい漆《うるし》の箱の中から、何本もの、すでによれよれになった糸が無造作に顔をのぞかせていた。

そして、ピンクの布きれが一枚……。

——くそ暑い境内で、一人で遊んでたぞ。

ついさっき聞いたばかりの友人の言葉が蘇る。

ピンクの布に手を伸ばし、逡巡《しゅんじゅん》する。勝手に部屋に入った上に、勝手に私物を触るなんて。

そう思ったが止められず、卓はそっとピンクの布を広げてみた。

ハンカチではなく、母からもらったのだろう、布の切れ端に、小学生とは思えぬ器用な墨色の刺繍が、くっきりと見慣れた字をつづっている。

鷹浜卓。

画数の多い名字なんて刺すのは面倒だろうに、きちんとフルネームでほどこされたそれは、あと少しで完成だ。

触れてはいけない旭の心のうちに触れた気がして、卓は布をもとの場所に戻すと、急いで弟の部屋を出た。

どうしてか、目頭が熱い。

地球は滅びるんだ、なんて偉そうに言っていたのに、どんな気持ちであの刺繍をしていたのだろう。小学校でも流行っているのか、それとも、春城との話を聞いていたから真似してみたのか。

今はただ、弟の、あの茶色い髪と白い頬に浮くそばかすが恋しくてたまらない。

その想いが通じたように、玄関から「ただいま」という弟の声が聞こえてくる。慌てて一階に下りると、大荷物を抱えた母と、一緒になってスーパーの袋をより分ける旭の姿があった。

「あら卓、帰ってたの」

「お帰り。旭と買い物行ってたんだ」

米味噌牛乳。今日は重たいものばかりだったようで、玄関には買い物袋がいくつも置かれていた。その大荷物の中で、旭はいつものように、わざとらしく卓と目をあわせまいとしている。

そういえばこの一週間、彼のグレーの瞳だってまともに見ちゃいない。

「卓、荷物リビングに運んでちょうだい。旭くんはここまでありがとうね、暑いでしょ、ジュース入れてあげるわ」

母は、二人のぎこちない空気に特に水を差すこともなく、さっさとリビングに消えていってしまった。その背中を追おうか追うまいか、悩むように旭が玄関で立ち尽くしている。

いつまでも、卓との喧嘩を覚えているのだ。それなのに、この暑いさなか神社に行って糸を清め、卓が生き残ることを祈って刺繍をしている。

その事実がたまらなく可愛くて、そしてその愛情がありがたくて、卓はこの一週間言えなかった言葉が、自然と口をついて出てきた。

「旭、こないだはごめんな。僕が無神経だった」

まさか謝られるとは思っていなかったのか、旭が驚いた顔をあげる。

見開いた瞳のグレーをしっかりと見つめ、めいっぱいの勇気をかきあつめて卓は続けた。

「そのうち友達できるといいな。面白い奴。でもさ、できなきゃできないで、僕と一緒に遊べばいいじゃん。これからもずっと、お前のお兄ちゃんだからさ」

日が落ちてきたのか、外でヒグラシが鳴きはじめた。

夕焼けのように、優しい朱色が旭の頬に広がるのを見つめながら、卓もじわりじわりと羞恥《しゅうち》がこみ上げてくる。

少しセリフがくさかっただろうか。それとも、また怒らせてしまったろうか。

緊張に唇を舐《な》めた卓から視線を落とすと、旭も口を開いた。

「……俺も、ごめん」

「……」

「春城がチビなこと以外全部。ごめんなさい……」

春城には悪いが、卓は旭の言葉に頬が緩むのをとめられなかった。

ハンカチを投げ捨てられたとき、あんなに憎たらしかったのに、今は何もかも許せる気にさえなってくる。

気まずそうにうつむいたままの旭のグレーの瞳が見たくて、卓は玄関に下りた。足元にあったサンダルをつま先に引っかけると、ふにゃりと柔らかなものが足裏に触れる。

と、同時に、悄然《しょうぜん》としていた旭が、はっと顔をあげた。

「あ、待って兄ちゃっ……」

「う、わっ⁉」

ともすれば、弟が可愛すぎて抱きしめかねなかった卓の体は、サンダルを履いたとたんに玄関に響き渡った「ゲゴォォォ」という音とともに傾《かし》いだ。そして、サンダルと足の隙間から、緑色の物体が勢いよく飛び出てくる。

あがりがまちに尻餅《しりもち》をついた卓の腹の上に、その緑の物体は狙い定めたように着地した。

「か……蛙《かえる》……？」

つややかな緑のシルエットは、間違いなく蛙だった。まさかサンダルの中に潜んでいたのか。踏みつぶしてしまったのか。いやそれにしては綺麗な形で今目の前に……そんな困惑が次第に冷えていくとともに、ゆっくりと卓は視線を蛙から旭へと移した。

やっちゃった、と言わんばかりの気まずそうな白いかんばせが、八の字眉でこちらを見つめている。

「ち、違うんだよ兄ちゃん。ち、ちょっと驚かせようとしただけで、違うんだよっ。さっきスーパーで、お母さんが買ってくれたから、ちょっと試したくて……」

卓が身じろぐと、腹の上で蛙はころんと転がった。落ち着いて見ればすぐにわかる、樹脂性の偽物だ。腹を押せば、鳴き声が出るタイプの玩具《おもちゃ》だろう。

じわりじわりと、先ほどまでの感動が蛙の鳴き声のように潰《つぶ》れていき、卓はゆらりと立ち上がると、声を張り上げた。

「旭！　お前いい歳《とし》して、いつまでこんなことやってんだ、馬鹿！」

「ば、馬鹿とはなんだよ！　兄ちゃんの馬鹿！」

玄関先で久しぶりに響いた兄弟の怒鳴り声は、せっかくのヒグラシの音色をかきけすほどうるさかった。
次第にそのうるささに、追いかけあう足音が混じる。
そして珍しく、兄弟喧嘩は次第に笑い声へと変化していくのだった。

一九八六年。

デスクライトだけつけた薄暗い自室に、外からの「こつんこつん」という何かを叩《たた》く音が聞こえ、卓はカーテンを開いた。

あたりは夜の闇に包まれた住宅街。ぽつんと向かいの窓にだけ、卓と同じようにデスクライトの明かりが映り、いつもの夜と変わらず、春城の姿があった。

――聞いてくれ卓。今夜の俺の夜食、大根おろし。

春城が、そんな文言の書かれたノートをぺたりと窓に押しあてた。即座に卓も、サインペンを手に大学ノートに返事を書く。

――だから言ったのに。勉強にかまけてお母さんの誕生日忘れたら大変なことになるぞって。お前は僕の話ぜんぜん聞いてなかったんだな。

――ああ。それどころか、おかんの誕生日忘れるほど勉強没頭してるなら東大行けるじゃん。とか言ってからかったことをお詫《わ》び申し上げちゃう。

高校生活最後の年。

これまで学校がエスカレーター式だったため受験の厳しさを経験せずに生きてきた卓にも、ついに大学受験の戦火が近づいてきた。

残り数か月となった、馴染《なじ》んだ学園での生活を味わう心の余裕もない。

そんな中、いつも遅くまで勉強している卓にとって、春城との窓越しのやりとりは数少ない休息の時間だった。お互い、ノートを頻繁に買い替えるから、さぞや真剣に勉強しているのだろうと母は思っているが、その正体は無駄口ばかりだ。

通学中の無駄話と変わらぬ話題は、しかしこうして窓越しにこっそりすると、やけに楽しい。

新しいノートのページに返事を書きつけたところで、卓は階下から激しい足音が上ってくることに気づき、慌ててノートとカーテンを閉じた。振り返ると、ちょうど部屋の前でとまった足音の主が、殴《なぐ》っているのかノックなのかわからない勢いで扉を叩く。

「兄ちゃん、夜食！」

どうぞ、と言い終えるより早く、扉は開かれた。

「いつもありがとうな、旭」

相変わらず白い頬にほんのり浮くそばかす。風呂上りなのか、濡れた髪はいつもより濃い色で、そして表情はいつもの通り、可愛げがなく険しい。そんな旭が、サンドイッチの皿が載ったお盆を手にずかずかと上がり込んでくるのは、もう春からこちら、毎晩の習慣のようになっていた。

中学生になった旭と、受験勉強に追われるようになった卓は、同じ家にいながら言葉を交わす機会はこの夜食の時間くらいだ。

「今日のサンドイッチ、母さんの手作りだから。残さず食えよ、兄ちゃん！」

なぜか、自分が作ったかのような態度で偉そうにお盆を押し付けてくる旭に、卓の笑顔が引きつった。

受験勉強にかまけるようになって以来、母は毎晩夜食を用意してくれる。そしてなぜか、その夜食を旭が運んできてくれる。

ありがたいことはありがたいが、母は料理下手で、旭は励まし下手だ。

余計なことをせず、出来あいのパンでも買っておいてくれればよかったのに。と、春城の「大根おろし夜食」でさえうらやましくなったところに、今日は旭の励まし下手まで発揮されてしまう。

「勉強してんのに、なんでノート閉じてんだよ」

「なんでって、旭は中学生になったばかりでわからないだろうけど、高校生になったらノートを閉じなきゃ解けない問題もあるんだぞ」

とりあえず、適当な返事をしながら卓はサンドイッチともう一つ、お盆に載っていた缶ジュースを手にとった。こちらも、このところ毎晩の習慣だ。

細いスチール缶には、ハチとレモンの呑気《のんき》なイラスト。最近店頭でよく見かけるジュース、はちみつレモンは、特別好きだったわけではないのだが、すっかり目にも舌にも馴染んでしまい、見るとほっとする。

「兄ちゃん、来月さ……」

「ん？　どした？」

空になったお盆を手に、むっつりとうつむいてしまった旭の顔を覗き込む。しかし、デスクライトの陰になって、弟の表情はよく見えなかった。

その代わりのように、とげとげしい声が久しぶりに可愛げのないことを口走る。

「兄ちゃん、いつまで勉強ばっかやってるつもりだよ。そんな勉強ばっかりしてると、馬鹿になるぞ」

「……そ、そう？」

酷い矛盾だ。指摘するのもためらわれる。

しかし、旭は気づかぬ様子で不機嫌さを増していった。

「だいたい、一九九九年になったら地球滅びるんだから、そんな勉強したって無意味なんだからな」

「一九九九年までは生きなきゃいけないから、勉強はしたほうがいいと思うぞ旭。なんだお前、学校でなんかあったのか？　学ランぶかぶかすぎて馬鹿にでもされたのか？」

「ち、違うよ馬鹿！　なんでもかんでも俺が馬鹿にされた話にすんなよ！　だ、だいたい、学ランはすぐにちょうどよくなるって母さんも言ってんだからな！」

「旭、このサンドイッチを見ろ。卵サンドにスライスゆで卵を挟んで、出し巻き卵を添えるこの適当さ。あの人の言うことなんか話半分にしないと痛い目見るぞ」

「せ、せっかく作ってもらっておきながら文句言うなよな！　もういい、兄ちゃんなんか知らない。ノストラダムスに大学落とされちまえ！」

なぜ不機嫌なのかわからないまま呆気《あっけ》にとられた卓の前で、旭は来たときと同様どたばたと部屋を出ていってしまう。

相変わらず五歳年下の弟は、可愛げがあったりなかったり、ややこしい奴だ。

溜息を吐いて卓ははちみつレモンの缶を開けた。少し硬いプルタブを起こして缶からはずすと、小さな飲み口から、すっかりこの時間のお馴染みとなってしまった甘い香りが漂ってくる。

プルタブをゴミ箱に捨てたところで、春城と密談中だったことを思いだし、そっとカーテンを開けた。向こうはカーテンを開けたまま参考書を片手に、卓の帰還を待ってくれていたようだ。

すぐにこちらに気づいて顔をあげた友人に向けて、さっそくノートを提示する。

——うちも夜食来た。ついでに旭が久しぶりに可愛くない。

——大根おろしの辛さと虚《むな》しさに比べたら、可愛いもんだと思うぞ。

——勉強ばっかしてると馬鹿になるぞって言われた。

窓の向こうで、友人が笑い転げて椅子から落ちかけたのが見える。その様子に一緒になって笑いを噛《か》み殺しながら、ふと思いついて卓はメッセージを続けた。

――なあ、一九九九年に、本当に地球滅びると思うか？

はあ？　という春城の反応だけで、返事は待たなくても十分だった。きょとんとした友人の表情に、急に羞恥がこみ上げ、慌てて卓は言葉を書き足す。

――弟がしつこいんだよ。滅びるのに勉強するなんて無駄な努力だって。

――あいつ、もう中学生なのに何言ってんだか……。

――だよなあ。っていうか、滅びるから勉強しなくていい、ってなら楽な話なんだけど。

――まったくだ。滅びなかったら誰が責任とってくれるんだよなあ。ノストラダムスに文句言おうにも、どこに住んでるか知らないし。

――アメリカじゃないの？　名前からして。

――そうか。俺英語わかんないから、どっちにしろ文句言えないわ。

大予言のせいで、ノストラダムスという言葉は知っているものの、まさか十六世紀フランス地方生まれの故人だとは知らず、二人の話題も旭の文句に負けず劣らず馬鹿げていたが、どちらにせよ、二人は「仕方ないから真面目に勉強しよう」というまともな結論に落ち着くことはできた。

筆談にもかかわらず、ずいぶん長いこと喋《しゃべ》っていたような気になって、卓ははちみつレモンで唇を湿らせた。はちみつの香りとレモンの刺激。甘く優しい独特の味わいが、深夜の勉強に疲れた脳みそに染みわたるようだ。

――毎晩何飲んでんだ？

――はちみつレモン。

最後に交わされたそんな筆談に、窓の向こうで春城が目を瞬かせた。

その瞳が、あさってのほうを向く。不自然なその視線に、春城の見た先が、隣の旭の部屋だと気づいたときにはもう、春城の視線は卓のもとに戻ってきていた。

――いいなあ、なんか旨《うま》そう。

それだけ言うと、春城は卓の返事も待たずに、どうしてか楽しげな笑みのままカーテンを閉じてしまった。

すっかり暗くなった隣家の窓に、鷹浜家の灯《あか》りが映り込んでいる。卓のデスクライトともう一つ。その光景に、隣室でまだ旭が起きていることを知ったとたん、卓は舌を濡らすはちみつレモンの香りが、いっそう甘味を増したような気がしたのだった。


それからも、毎晩はちみつレモンを飲み続けたある日のこと。

朝から雨雲の灰色が濃い。何やら不穏だ。

庭にバーベキューセット。雨に備えてリビングも来客用にセッティングされた我が家は、まるで他人の家のように居心地が悪い。

ついでに、卓の機嫌も悪い。

「卓、あなたまだ拗ねてるの？　お兄ちゃんなのに、大人げないわね」

「拗ねてないよ。怒ってんだよ。だいたい母さんも母さんだ、なんで今日親戚集まるなんて話、直接せずに旭に伝言するんだよ」

いただきもののチーズケーキを切り分けながら、卓は夕べから同じ文句を繰り返している。毎晩夜食を持ってきてくれる旭が、あまりに理不尽な態度をとるものだから、卓もそろそろ彼が隠し事をしていることには気づいていた。しかしそれが、母からの伝言を伝え損ねているだけだったなんて。

再婚した母の連れ子である卓にとって、父方の親戚づきあいほど面倒なものはない。あら卓さん、ますます男前になってきたわね。お父さんに似なくてよかったじゃない。などという嫌味に、愛想笑いを返さねばならないのだから、あらかじめ心の準備の一つもしておきたい。それなのに、旭は近々パーティーがあると知りながら、卓に黙っていたのだ。

明日のパーティー、粗相のないようにね。と夕べ母に釘を刺されるまでまったく知らなかった卓は、久しぶりに旭と喧嘩になってしまった。

「そうねえ、悪かったわ、卓。私も当日まで考えたくなかったから、伝言したらすっかり忘れてたの」

「……」

「鷹浜さんちは遠慮ってものを知らないんだから。料理食べてさっさと帰ってくれないかしらね」

さきほどやってきた伯母《おば》に「あら、新しい家政婦さんかしら」とあからさまな嫌味を言われた母も、卓同様ご機嫌斜めだ。そんな母をこれ以上つつくわけにもいかず、卓はそれ以上の不満を飲み込んだ。

大人が五人と子供が四人。計九人の来客は、人の気も知らずに優雅にくつろいでいる。考えてみれば、母も卓も楽しくないし、仕事を切り上げて帰ってこなければならない父もさして楽しげではない。極めつけは旭で、鷹浜家と唯一血の繋がった子供だというのに、ともすれば卓よりも肩身が狭い。

肝心の、この家に住む四人全員が、この集まりを楽しんでいないというのは、なんとも皮肉な話だ。

「お兄ちゃん」

兄、と呼ばわる声の、旭とは違う明るさに、卓は急速に現実に引き戻された。

見ると、頭一つ分背の低い従姉妹《いとこ》が、うっとりとした表情でこちらを窺《うかが》っている。今年小学六年生。旭より一つ年下だが、旭よりしっかりして見える。そんな彼女も、ケーキが楽しみで仕方ないのだろうか、この態度は。

「ああ、恵《めぐみ》ちゃん、久しぶり。どう、夏休みは？　宿題はすすんでる？」

「まああかな。それよりお兄ちゃん、今彼女いないって、ほんと？」

「はあ？」

今年の正月に会ったとき、彼女はこんなにませていただろうか。

急にお姉さんぶったことを言うようになった小学六年生の態度に気圧《けお》され、卓はあたりを見回した。しかし、彼女の両親は大人同士の会話に夢中で、逆に弟妹は庭の花壇に夢中だ。

一番中途半端な年齢の卓の立ち位置に、背伸びするように小学六年生が食いこんでくる。

その手には、細い缶ジュースが握られていた。

夜ごとのはちみつレモン。

「俺の彼女の話より、伯母さんにもらったケーキの話のほうが新鮮だよ。恵ちゃんはどのくらい食べる？　こっそり、厚めに切ってあげようか？」

「んーん。もう子供じゃないから、ケーキなんていらないわ。それより、これ、もらっていい？」

目の前にかかげられたはちみつレモンは、やはり卓の家のものだったようだ。

いつの間にか冷蔵庫を漁《あさ》られてしまったのか。そう思うといい気はしないが、子供相手に、しかもジュース一本のために渋面を作るわけにもいかず、卓は曖昧にうなずく。

はちみつレモンのストックはあるのだろうか。ないのなら、今夜の受験勉強は少し口寂しくなるかもしれない。

自覚したとたん、勉強がてらの夜食の時間が、とても大事な時間だったことに気づく。

「お兄ちゃん、私さ、夏休みに入る前にクラスの子に告白されたんだ。つきあってくれって」

「……はっ？　恵ちゃん、まだ小学生だよね？」

「そうだよ？」

それが何？　と不思議そうに首をかしげる少女は、旭よりもはるかに大人っぽい表情で続けた。

「でも、私やっぱりお兄ちゃんのほうが好きなんだ。お兄ちゃん、大学に合格したら、私とつきあってよ」

「えええ……そ、それは光栄、な、話だけども……」

「なあに、その顔。私ずっと、お嫁さんにしてって言ってたじゃない」

「は？」

そうだっけ？　と言いかけて卓は口を閉ざした。

そういえば、そうだった気がしないでもない。

しかし、親戚の集まりのときはいつも笑みを顔に張りつけ、なんでもかんでも「はいはい」「そうなんですか」「勉強になります」で受け流している卓にとっては、幼い従姉妹の「お嫁さんにして」なんて話、本気で受け取るキャパシティなどない。

「いや、恵ちゃんにはお嫁さんとかそんな話、早いだろ。僕にも早いし。恵ちゃんは、中学とか高校に行けば、まだまだいろんな素敵な人と知り合うチャンスがあると思うぞ」

「え～ないない。お兄ちゃんが一番だって。こないだ写真見せたら、クラスの女子もみんな『綺麗な人』って言ってたもん。私、すごく自慢だったなあ」

君の写真を僕の知り合いに見せても、可愛い子供だね、としか言ってもらえないと思うよ。という辛辣《しんらつ》な事実を言うに言えない卓の前で、少女はときめきに瞳を輝かせながらはちみつレモンの缶を開けた。

プルタブが、ゴミ箱に投げ捨てられ、いつもの甘くて優しい香りは、彼女のものになってしまう。

知らず、卓の喉が鳴った。

それ僕のなんだけど。なんて、子供相手にくだらない独占欲が頭をもたげた、そのときだった。

「おい、なんでお前、人のジュース勝手に飲んでんだよ」

振り返ると、シャツに短パン姿の旭が、髪に芝生《しばふ》の草をつけて立っていた。

どうしているかと思っていたが、一応最年少の子供らと遊んでくれていたようだ。

少しはお兄ちゃんになったんだなあ。という感動は、しかしすぐに打ち破られた。

「何よ、またいちゃもんつける気？　女の子相手に、もう少し態度ってもんがあるんじゃないの。ほんと、鷹浜の人なのに行儀が悪いわね」

「俺のこととやかく言う前に、お前こそ泥棒みたいなことしてんじゃねえよ」

「おい、旭っ？」

機嫌がよくないのはその表情から予想していたが、そのあまりにきついあたりに、卓は目を瞠《みは》った。

弟とは何度も喧嘩をしたり揉《も》めてきたが、こんなに険悪な態度を見たことがあったろうか。

だが、恵も負けてはいなかった。

「ちゃんと、卓お兄ちゃんに飲んでいいか聞いたわよ。ジュース一本で大げさなこと言わないでよね」

旭の眼光が、卓に注がれる。

きっと、いつものように今夜の自分のジュースになるのだろうと思っていたが、もしかして旭のものだったのだろうか。そうだとすれば、勝手にあげてしまった自分に非がある。そんな罪悪感から、卓は咄嗟《とっさ》に言葉が出ない。

そのせいで、二人の論争は泥沼にはまっていった。

「何よ、怖い顔して。ただでさえ不良みたいな髪の色して、お化けみたいな顔してるくせに、卓お兄ちゃんが言い返せないからって、そんなきつい態度とるなんて最低」

「えっ？」

なぜそこで自分の名前が出るのだろう。戸惑う卓の前で、旭の渋面はさらに険しくなった。

そういえば、僕のことをとやかく言うとか言っていたが、卓の目の届かないところで、二人はすでに揉めていたのだろうか。

「ちょっと、恵ちゃん。あんまり旭につっかからないでくれよ」

「いいのよお兄ちゃん。叔父《おじ》さんは、血がつながってなくても卓お兄ちゃんのほうが大事なんだから、こんな余所《よそ》の国からきた子に気をつかわなくても」

子供の言葉は残酷だ。

今まで以上に大人ぶった物言いは、親か親戚か、近しい大人の口ぶりをまねているようだった。

しかし、普段卓も旭も特別気にしないようにしていた話題は、他人に口に出されたとたん、鋭い刃《やいば》となって胸をえぐってくる。

なんてこと言うんだ。その一言が、あまりのショックのせいで口から出てこない。

凍りついた卓と旭の様子に、恵は一瞬顔色を変えたが、収まらなくなったのかなお言い募る。

「お、お兄ちゃんが言えないから、私が言ってあげてるだけでしょ。みんな言ってるもん、旭なんか余所の子供なのに、鷹浜家に潜り込んで図々《ずうずう》しいって。この家のジュース勝手に飲むなとか、言える立場じゃないでしょ。偉そうにしたいなら、アメリカに帰りなさいよ」

いい歳をして、小学生の少女に本気で憎悪が湧いた。

咄嗟に腕が震えた。わずかに残った理性のおかげで、幸いその手を振り上げることはなかったが、なおも怒りに震えるその手を、背後から誰かに摑まれる。

はっとして振り返ると、母の無表情があった。

気づけば、親戚じゅうが自分たちに注目している。

一瞬の静寂。しかしそれを打ち破ったのは、旭の足音だった。

あ、と思ったときにはもう遅く、旭は庭から飛び出すと、そのまま外へと駆けだしてしまう。

「ま、待てよ旭！」

みんなに見られている。その意識に気圧されながら、それでも声を張り上げたが、旭を引き留めることはできなかった。


驚いたことに、春城家のインターホンを押すと、呼び出し音が鳴り終わらないうちに春城が顔を見せた。すぐ隣の庭での出来事だ、もしかしたらあの醜い言い争いが聞こえていたのかもしれない。

「春城、いきなり悪い。旭のやつ、ここに来てないか？」

「来るわけないだろ。なんで俺のとこに探しにくるんだよ」

「……だってあいつ、他に行くとこなんてないし」

言ってから、卓は唇を噛んだ。

公園は探した。学校も、通学路も。けれども、それ以上の行先は、てんで見当がつかなかった。もしかしたら、新しくできた友人を頼っているかもしれないし、少しは親しい先輩の一人もいるかもしれない。けれども、卓は何も知らない。

中学校に上がって、確実に今までとつきあいの範囲が変わっただろう旭が、こんなときどこに行くのか、まるで見当がつかないのだ。

もっと旭とおしゃべりをしていれば、すぐにでも探しにいく先を知っていられたかもしれないのに、今年に入って卓はずっと、勉強机とばかり仲良くしていた。

「他に思いつかないなら、商店街とかどうだ？」

ピンとこない提案に、卓は疑問符を浮かべて顔をあげた。だが、春城の様子は真剣だ。

「商店街の入り口に、三台もジュースの自販機並んでるだろ。あそこでよく見かけるんだよ、お前の弟」

「ジュースの自販機なんかで？　なんで……」

「はちみつレモン、毎日買ってるみたい。一回俺が見かけて茶化したら、真っ赤になって逃げてった。お前の夜食、はちみつレモンがついてくるんだろ？」

卓は目を瞠った。

毎夜の、文句ばかりの夜食の運び屋と、優しい味わいの缶ジュース。弟をほったらかしの兄を、誰よりも見守ってくれていたのが、まさか旭だったなんて。

「俺も一緒に探そうか?」

「いや……いい。僕が見つけるから……」

「そっか。しかし、中学生になったら少しは大人しくなるかと思ったけど、相変わらず人騒がせな奴だなあ、お前の弟は」

春城家の門柱に手をかけたまま、卓は友人ののっぺりとした顔に浮かぶ苦笑を見つめた。みんなが言ってるもん。そんな免罪符とともに、さかしらぶって暴言を吐いた年下の従姉妹とは違う優しい小言に、恵にはちゃんと言えなかった言葉をようやく吐き出せる。

「そんなことない。あいつは、可愛い奴だよ」

きっと深まるのだろう友人の苦笑を見ずに、卓は駆け出した。

商店街まではすぐそこだ。

ただでさえ曇天に暗く彩られていた街に、夜が忍び寄っている。じっとりと肌を撫でる湿った空気からは、雨の匂いがした。

商店街は、夕食の買いだしにきた客で混んでいたが、美容室や本屋の並ぶ、自動販売機のあたりは閑散としていた。ちょうど、自動販売機の脇に人一人通れる程度の短い路地があり、スナックと碁会所《ごかいしょ》が所在なさげにたたずんでいる。その錆《さ》びた看板の下に、春城の言うとおり、旭の姿はあった。

「旭!」

ひょろひょろとした体を折りたたむようにしてしゃがみこむ姿は、泣いているのかと不安にさせるシルエットだったが、頭をもたげてこちらを見た頬に涙の痕はない。

ほっとしながら、卓は旭と一緒になって自動販売機裏に隠れるように潜り込んだ。

「旭、悪い、遅くなって。大丈夫か?」

「なんだよそれ。俺が兄ちゃんのこと、待ってたみたいじゃん……」

旭の怪訝《けげん》な表情は、少し拗ねていて、同時に疑問符も浮かんでいた。確かに、追いかけてくれとは言われていない。卓が勝手に来ただけだ。

「……僕が追いかけたかったんだ」

「ふぅん」

お前のことがほっとけなくて。悶々と、そんなありきたりな本音が胸の中をうずまく。

路地に、人がやってくる。背をかがめた近所のおじさんが、迷惑そうに子供を一瞥《いちべつ》して、のそのそとスナックの扉の向こうに消えていった。

潰れたようなその店も生きているのかと思うと、卓は急に、見知らぬ場所に旭と二人きりのような不思議な気分になった。

「旭、お前なんで、今日の集まりのこと教えてくれなかったんだ？」

「だって、いつも来る兄ちゃんと同い年の奴が、今回は受験勉強で来ないっていうから」

「ああ、そういえば昴《すばる》くん、来てなかったな」

「一人で、親戚の集まり出たくなかったんだ。パーティーするって言ったら、兄ちゃんも受験勉強で出ないいって言い出すかと思うと、なかなか言えなかった」

黙ってパーティー当日を迎えれば、さすがにドタキャンはできまい。と子供ながらに頭を働かせたのか。

打ち明けてから、旭はいつものようにそっぽを向いたりはせずに、ただ、重たい溜息を吐いた。

「アメリカ帰れだって。帰ったって、ママがどこにいるかも俺知らないし……」

「旭……」

「あーあ。早く、一九九九年にならないかな。地球滅亡しちゃえば、親戚の集まりもなくなるし、ママがどこにいたってどうでもよくなるし、アメリカだってなくなるのに」

なにげない言葉選びに、しかし卓は逃げ場のない旭の憤懣《ふんまん》を感じて言葉を失った。

旭の生きる世界は、とても小さくて狭くて、嵐が来てもきっと、じっとしているほかないのだ。

曇天と同じ色の瞳は、ただ、動かぬ地面だけを見つめていた。

それがもったいなく思えて、卓はおもむろに立ち上がると、旭の白い手を引く。

「な、なんだよ。俺帰らないぞ。あ、あいつらが帰るまで」

「僕もだよ」

あっさり答えると、旭が弾《はじ》かれたように顔をあげた。

「おいで旭。お前のお母さん、探しにいこう」

「は？」

何言ってんの、といぶかる旭は、卓の突拍子もない提案に、反論も浮かばないらしい。

幸い、目当ての店はすぐそこ。細っこい弟の手首を摑んだまま、卓は商店街の本屋の間口をくぐる。

近隣のマダムの趣味に合わせてか、インテリアやブランド雑貨の雑誌の棚が広い店内で、卓はなおも旭の手を引きながら数冊の雑誌を棚から取り出した。

「母さんに聞いたんだよ、お前のお母さんが向こうのモデルだって」

平置きの台に無造作に広げられた華やかなファッション誌に、旭はそわそわしている。可愛いものに囲まれるなんて、みっともないと思っているのだろう。

「俺、あんまり記憶にない。アメリカにいたときも、そんな一緒にいた覚えもないし」

「そうなのかあ。寂しいな。僕は顔覚えてるから、見たら一発でわかるんだけど……ええと、なんのブランドだって言ってたっけ」

雑誌と、カウンターの向こうの店主とを、落ち着かない様子で交互に見ながら、旭は卓の耳元でささやいた。

「か、勘違いすんなよ兄ちゃん。俺、別にママに会いたいとかそんなんじゃないし」

「僕は、旭のその髪の色、綺麗だと思うぞ」

普段見ない雑誌をめくると、八頭身どころではないモデルたちが華やかな衣装を身にまといこちらを見つめていた。真っ白な肌に、グレーの瞳のモデルを見るとつい凝視してしまうが、旭の母らしき女は見当たらない。

もう少し、年齢層の高い雑誌にいるのだろうか。

「きっと大きくなったら、お前のお母さんみたいな彫りの深い顔になる。テレビだって、ハーフのタレントは人気だろ。アメリカだって、大人になってから行ってみればいいところかもしれないし、恵ちゃんだって、数年たったらお前に悪いこと言ったと気づいてくれるかもしれない」

とりとめのない卓の言葉を、旭は怪訝な顔をしながらもじっと聞いていた。

その心に、まだうまくまとまらないこの想いをなんとか届けてやりたくなる。

「ずっと、家に閉じこもって世界が滅びるのを待ってる必要なんかないんだぞ、旭。僕たち家族が、家で辛気臭いパーティーしてるときに、お前のお母さんはこんな華やかな、想像もつかない仕事してるんだ。お前だって本当は、何にだってなれるはずなんだよ」

「何にだって？」

「そう。何にだって。お前が受験するころには、僕が毎晩はちみつレモンご馳走してやるからさ……世界滅びちゃえなんて言わずに、親戚なんか無視して、いろんな世界に飛び出しちゃえよ」

旭の目が、大きく見開かれた。

「ははは、お前の目、このページの宝石みたい」

卓が笑うと、旭は「春城の奴、ちくったな」などとぶつぶつ言いながら、しかし心惹《ひ》かれたように一緒の雑誌を覗きこんだ。

赤い頬に浮かぶそばかす。柔らかな茶色い髪。

こんなに綺麗なのに貶《けな》してしまえるなんて、だんだん親戚の感性が可哀想に思えてくる。

「あれ、兄ちゃん、この雑誌男の人ばっかだよ。ママ、載ってるわけないじゃん」

「え？　まじで？」

なんでファッション誌が男まみれなんだよ。と半信半疑でページをめくるが、確かに手にした雑誌の一つは男ばかりだ。

誘っておきながら、ファッションに明るいわけではない卓には、ポーズを決める若い男たちの姿はあらためて見るとなんだか恥ずかしい。

しかし、同じように「かっこ悪い」だのなんだの言いそうな旭は、一枚のページをじっと見つめていた。

「この人たち、なんでモデルなんかしようって思ったんだろ」

「さあ。なんでだろうなあ」

「兄ちゃんに言われるまで、俺、自分もいつか大人になって何かしてるんだって想像もしてなかった。この人たち、なんでモデルしようって思いついたんだろ」

なんで、とくりかえした言葉は、二度目は独り言めいていた。

母親の血がそうさせるのだろうか。モデルの姿を見て、旭は感慨深げだ。

「旭も、モデルなんかどうだ？　お前はまだ背が伸びてるし、手足が長いからぴったりじゃないか。この写真に載ってる誰よりもかっこいいと思うけどな」

ぱっと顔をあげた旭の頬が、わずかに赤くなる。

むっと眉をひそめた顔はいつもの拗ね顔で、卓はどうしてか嬉しくなった。

いつもの旭だ。親戚の集まりに萎縮《いしゅく》し、苛立《いらだ》ち、やり場のない怒りをもてあます孤独な少年ではない。

「かっ……こいいのは、俺なんかじゃなくて、にぃ……」

「ん？　どうしたどうした。かっこいいって言われてお前照れてるのか。可愛いな〜」

「ば、馬鹿にすんなよ！　そんなんじゃないから！」

「あ、こら。売り物を乱暴に扱うな」

雑誌を投げだしかねなかった旭を押しとどめるも、一冊だけ表紙が折れてしまったファッション誌を、卓は仕方なく購入する。

「それ、今年できたばかりの男性向けファッション誌だよ。男の服ばっかり載せてもねえって思ったけど、けっこう売れるもんだねえ」

のんびり、そんなことを教えてくれた店主に礼を言って卓を追いかけると、可愛げのない顔をした旭が、むっつりと店の前で卓を待っていた。

アーケードの外から、雨の音が聞こえる。

ついに降りだしたようだ。

「旭、お前ってやつはまったく。お前のせいで買うことになったんだから、ちゃんと読めよ」

ぐい、と押し付けるように本屋の袋を差し出すと、後ろ手に手を組んだまま、旭が視線を泳がせる。気まずそうな表情の意味は、最近では言葉がなくてもわかる。

ごめん。の三文字がなかなか言えない弟は、しかし体を意味もなくゆすりながら、もごもごと唇を蠢《うごめ》かせた。

「せ、一九九九年に世界が滅んでも、兄ちゃんだけは死んだりしないから、安心して受験頑張れよ」

「は？」

「……おまじない、してるから」

ぶっきらぼうに吐き捨てると、旭が背中に隠し持っていたジュースの缶を目の前に差し出してきた。

いつもの、一本。

じめじめとしたぬるい湿気の中、ひんやりと冷たい空気を放つはちみつレモンの缶と、気まずそうな旭の横顔を見ていると、まだプルタブも開けていないのに、卓の鼻腔《びこう》にはあの甘く爽やかな香りが蘇った。

同時に、もう一つ蘇る記憶は、ピンクの布きれと、器用な刺繍……。

「旭、おまじないのハンカチ、一九九九年になったら、お兄ちゃんと一緒に燃やそうか」

発した言葉は、自分でも驚くほど優しい響きを持って、雨音に紛れて消えていく。

缶を手にしたまま、旭がゆるゆると顔をあげた。そして、一瞬嬉しそうに瞳を輝かせた直後。

「あ、れ？　な、なんで兄ちゃん、俺のハンカチのこと知ってんだよ、馬鹿あ！」

商店街にご立腹の怒鳴り声が響き渡ったのだった。

一九八七年。

大学生活に、卓がすっかり慣れてきたある秋の昼下がり。

鷹浜家のダイニングには異様な静けさが満ちていた。テーブルを囲んで、父と二人きり。

当然卓には似ておらず、ついでに言えば、血が繋がっているはずの旭とも、さして似ていないホテル業社長様の鬼瓦《おにがわら》顔は、もとより愛想のいいほうではないが、この日はことのほか険しい顔で数枚の写真に見入っていた。

卓の進学した先は、父と同じ大学で、その大学の学園祭の写真があるとなれば、昔を懐かしんだ父が写真を見たがるのは、当然の流れだった。

険悪な空気ではないが、かといって写真をネタに話がはずむわけでもなく、気づけば十五分ほど時計の針が進んでいる。今日の接待ゴルフの予定がキャンセルになった父の機嫌が、いいか悪いかはよくわからない。

父が卓に声を荒げたことはないのだが、なんとなく、卓は彼の機嫌や言動が気になってしまう。

「なあ卓」

「は、はい？」

「お前の優しさには感謝しとるんだがな、もうあいつも中学生なんだから、そんなに構ってやること、ないんだぞ」

父の顔が見られず、卓はテーブルに広げられたままの写真に視線をやった。あいつ。という言葉が誰を指しているかなんて、どの写真にも写りこんでいる楽しげな弟の姿を見ればすぐに理解できる。

中学生になって少しは人づきあいの輪が広がったらしい旭だったが、相変わらず長期休暇になると必ず一人ぼっちでいる弟を放っておけず、卓は自分の学校の学園祭に旭を誘ってやったのだ。

今年一年、厳しい浪人生活をしている春城も一緒に。という面子《メンツ》に旭はぶつぶつ言っていたが、すぐにそんな不満も忘れて一日中楽しんでくれた。

誘ってよかった、とさえ思っていたのに、まさか今になって父から水を差されるとは思いもしなかった。

「大学生には大学生のつきあいがある。そっちを優先する癖をつけないといかん」

「大丈夫ですよ。ちゃんと、そっちも大事にしてますから」

「……だったらいいんだが、お前はあいつの世話係じゃないんだからな」

それではまるで、旭がペットかのような言い方じゃないか。という憤《いきどお》りと、血の繋がらない弟に卓が迷惑をこうむっているのではと気にかけてくれていることへのささやかな感謝と、相反するものが卓の中で交じり合い、灰色になって心の底に降り積もる。

結局うまい返事が思いつかないまま口を開いた卓の声を掻《か》き消すように、頭上から荒い足音が響いてきた。そのまま足音は階段を駆け下り、父と卓が一緒になってダイニングの入り口に顔を向けたとたん、話題の主が勢い込んで現れた。

「兄ちゃん！　ちょっと来てよ、今……っ」

ダイニングに足を踏み入れた瞬間は満面の笑みだった旭の表情が、父の姿に気づいたとたん、緊張に固まった。

「と、父さん、帰ってたんだ……」

「……ああ」

旭の硬い声。父の硬い声。

二人の容姿はまるで似ていないが、かもし出す空気はそっくりだ。父親を前にすると、旭はいつもより小さく見える。その縮みあがったシルエットが、卓はあまり好きではない。

「旭、卓も忙しいんだから、迷惑ばかりかけるもんじゃない」

「は、はい」

か細い声で答えて、旭はうつむいてしまった。その、床を向いた鼻先に、青い色が見えた気がして卓は首をかしげながら、二人の間に割って入った。

「僕、本当に別に迷惑じゃないから。父さんもあんまり心配しないで。旭、一緒に部屋に戻ろう」

不器用に実の親子の間をとりもちながら、席を立つと旭の腕をとる。父の、何か言いたげな視線が追ってくるが、気づかなかったフリをして、旭とともにダイニングを出て、扉を閉めた。

「ふぅ……緊張した」

ぽつりと漏らすと、気まずそうな顔をして、旭がこちらを見上げてきた。

最近、急にそばかすが目立たなくなってきた弟の白い面貌《めんぼう》は、少し大人びてきている。しかし、父に萎縮している姿は、昔と変わらずいつまでも幼くて、どうしても守ってやりたくなってしまうのだ。

「旭、とりあえず部屋に戻ろう。今日は一日、父さんうちにいると思うから、あんまりいたずらするなよ」

「し、しねえよ、子供じゃないんだからっ」

ほんの昨日までいたずら盛りだったくせに、今日はもういたずらをしない大人に成長したつもりらしい。

都合のいい弟の弁解に苦笑を浮かべると同時に、卓はやはり旭の鼻先に青いものがついていることに気づいて、そっと指で触れた。

「何これ、青いのついてる。やっぱりなんかいたずらしてただろ」

「っ、さ、触んなよっ」

卓の手をはたくようにして退けた旭の頬は、ついさっきまで父の前で青ざめていたことが嘘だったかのように、一瞬にして赤くなる。

そんなに嫌がらなくても、と目を瞠った卓に、旭は赤い頬のまま言い募った。

「そ、それより来てくれよ兄ちゃん、俺、けっこういけてると思うからっ」

は？　と返す暇もなく、今度は旭が卓の腕を取る。そして来たときと同様、勢いよく三階に戻ろうとする弟の姿に、卓はほんの少し、父が口すっぱくなりすぎる理由がわかる気がしてしまうのだった。

旭に誘われるままに、弟の部屋にたどり着くと、室内の光景に卓は唖然《あぜん》となった。

ところせましと床に散らばった筆や絵の具。ベッドの上には、色とりどりの落書きで埋まった画用紙が何枚も散らばり、勉強机の上は、筆洗バケツとパレットに占領されている。

旭に、絵描きの趣味があるとは初耳だ。

「な、なんだなんだ、学校の課題かなにかか、旭？　勉強なら手伝ってやれるけど、美術の宿題は手伝えないぞ」

小学生の頃から、ほとんどの教科は通知表で五の成績がつく中、美術と家庭科だけは万年一だった身としては、旭が今から何を言い出すのか、戦々恐々だ。

「課題じゃねえよ。ビジネスだよビジネス。兄ちゃん、ニュース見てねえの？　ちょっとは社会情勢に気をつかったほうがいいぞ、大学生として」

「……旭、お兄ちゃんと一緒にダイニングに戻ろうか」

「や、やだっ」

少し調子に乗りすぎた自覚が生まれたらしい。青くなった旭が後ずさると、その足元で踏み潰された絵の具から緑色の粘液が噴出する。

「これ見てくれよ。傑作だろ、いくらぐらいの値段つくと思う？」

じゃじゃん、と口で言って旭が指し示した先には、椅子をイーゼル代わりにして立てかけられた画板があった。そして、クリップで留められた画用紙には、返事に困る物体が描かれていた。

物体だと思う。風景ではない。

おそらく、たぶん。

その程度の認識しかできないそれは、赤に塗りたくられ、上から黒と紫で点描が入り、かとおもいきやふちには緑の波線。勢いある筆運びで白い直線が走ったり、それらの彩りが汚く混じりあったりもしている。

ダイニングで父と過ごす話題よりも、この絵への返事のほうが難問かもしれない。

「いくらぐらいって、旭、お前これ売る気なのか？」

「なんだよ、その落書きを見るような顔は」

「そりゃあ、落書き見てたら、落書き見てる顔になるだろう」

本音半分冗談半分で答えてやると、旭はいつもの顔でむくれてみせた。

「ったく、兄ちゃんは芸術がわかってないなあ。ニュースでもやってただろ、ゴッホのひまわりとかいう絵が、どっかの会社が五十億円で落札したって。五十億だぞ五十億」

絵に詳しくないがゴッホの名前は嫌でも知っている。そのゴッホの名画「ひまわり」を日本の企業が五十八億円で落札したニュースは、確かに今年の始めだったか、ワイドショーを賑《にぎ》わせていた。

だからといって、まさか弟の心まで賑わせていたとは知らなかった卓は、まじまじと画板にある絵と、ほかにも散らばる習作らしき画用紙を見回した。

「あんな下手なひまわり描いただけで五十億ももらえるなら、俺たちにもチャンスがあるんじゃないかっていって、作間《さくま》たちと話して、学校で募集してる絵画賞に応募することにしたんだよ」

「……それって結局課題じゃないのか？」

「ちーがーうー」

ほんの少し、弟の画才を理解できない自分の感性に問題があるのかと懸念していた卓だったが、かのゴッホの名画を「下手なひまわり」と言い出す旭の芸術センスを慮《おもんぱか》る必要はないだろうと、胸をなでおろす。

しかし、懸念はもう一つあった。

「なあ、最近何かっていうと作間くんの名前出るけど、お前仲がいいのか？」

「え？　あー、けっこう喋るかな。……いいだろ別に」

珍しく旭の口からクラスメイトの名前が頻出するようになったかと思えば、相手は家庭環境が悪く、ゲームセンターに入り浸っていると噂の若者ときては、安堵よりも不安が勝る。

しかし、つきあいをやめろ、というほどの何かがあるわけでもなく、卓は過保護な自分の不安から逃げるように話題をもとに戻した。

「旭、五十億はちょっと難しいんじゃないかな。お前がゴッホさんじゃない限り」

「そ、そんなことねえよ！　せめて一億はいけるよ！」

「無理無理無理。学校単位の公募だし……図書券がもらえるかどうかっていうか、そもそもなんの絵なんだよそれ。まさかひまわりとか言わないよな」

「何って、恐怖の大王に決まってるじゃん」

「決まってるんだ。兄ちゃんそのルール、知らなかったわ……」

笑顔をひきつらせ、卓は肝心の絵を覗き込んだ。

景色ではない。という判断は正しかったらしい。

「恐怖の大王って、あのノストラダムスのやつか？」

「そう。一九九九年に大王が降りてくるっていってもさ、どんな奴かわかんないじゃん恐怖の大王。だから、俺の解釈でめいっぱい怖くしてやったぜ」

駄目だ、ここで笑っては、きっと旭が拗ねてしまう。

そう思い、卓は自分の頬を手で押さえて、平静を装って感想を口にのぼらせた。

「まあ、流行りものって意味では注目してもらえるかもだけど、あんまり怖くはないなあ」

どうだ、とばかりに得意げだった弟が、卓の言葉に笑みを収めた。だが、拗ねた様子はなく、兄の感想の続きを待っている。

「生き物かどうかもわからないし、カラフルでごてごてしてるだけで、もっとこう……見たら萎縮しちゃいそうな迫力がほしいな」

「む……」

てっきり、お馴染みの癇癪を起こすかと思ったが、旭は神妙な顔をして兄の感想を最後まで聞き終えると、そのまま自分の絵をじっと見つめはじめた。

その眼光だけはまるで巨匠のようである。

旭の白い手が、おもむろに筆を取った。筆洗でたっぷりと濡らした筆先を、べったりと完成したはずの画用紙にあてる。

とたんに、青と、赤の重なりあった箇所が滲《にじ》みはじめ、気にしたそぶりもなく、旭はその濡れただけの筆先を動かしていった。

じわりじわりと滲み、絡《から》まりあい、色合いを醜くしていくラインが、絵の印象を変えていく。

「旭？」

「……せっかく世界滅ぼすような恐怖の大王なんだから、人間の形してたらつまんないんだよなあ」

「ああ、想像の範疇《はんちゅう》を超えた生き物がいいよな。地球外生命体みたいな」

「うん。グレイは駄目。プレデターよりもっと怖い奴」

「お前、怖くねえよとかいってたくせに、やっぱり怖かったのかプレデター……」

「う、うるさいやい！」

怒鳴りながらも、旭は画用紙に夢中だった。

上手下手はともかく、何か美術的な才能があるのかもしれない。

画用紙の色が増えていく。その色が全部、旭のグレーの瞳に移りこんで、きらきらと輝いている。

「旭、旭、兄ちゃんいいモデル思いついたんだけど」

「んー？」

思ったほど絵を改善できなかったのか、むっつりと画用紙を睨《にら》んだまま動きがとまってしまった弟に、卓は顔を近づけて提案した。

期待していないような瞳が、ちらりとこちらを向いたタイミングで、そっと指先を一本立てて、ゆっくりと床を指し示す。

理解できない様子で床と兄とを交互に見つめていた旭は、しかしばらくして、ちょうど階下にいる一家の大黒柱の姿を思い出したらしい。

悩み顔がゆっくりと驚愕《きょうがく》に変わり、白い頰が青ざめていく。

「な、な、何言ってんだよ兄ちゃん！　聞こえたらどうすんだよ！」

「だから小声で言ってるんじゃないか。お前こそ騒ぐなよ、馬鹿」

「ば、馬鹿はいつも兄ちゃんなんだかんな！」

いつも強がってばかりの旭が、父親ばかりは恐怖の大王だと茶化す気も起こらないらしく、にやにやと笑う卓の口をふさごうとしてくる。

「あ、おいやめろよ。お前の手、絵の具で汚れてるんだから」

「に、兄ちゃんが変なこと言うからじゃん！　だ、だいたい父さんのこと恐怖の大王とか言ったら、絶対母さんが怒るぞ！　怒られても兄ちゃんのせいにするからな！」

「はいはい。あ、どっちかっていうと母さんのほうが恐怖の大王かな」

「だからやめろってばー！」

まるではしゃいでいるような二人の攻防が続く中、ふいに階下から音が聞こえてきた。

盛大なくしゃみが一回。

「……ど、どうしよう。俺らの噂話のせいかな」

階下の父のくしゃみに、本気でうろたえてしまった旭がなんだか可愛くて、卓は今度こそ耐え切れずに笑い転げるのだった。


父を、恐怖の大王呼ばわりしたしっぺ返しは、思いのほかすぐにやってきた。

翌週の日曜日。珍しく、この日も父は家にいた。

昼下がりのダイニング。家政婦の作ってくれた昼食はいつもどおりおいしそうだったが、珍しく家族四人で囲む食卓のせいか、味はよくわからなかった。

早々に自室に戻った旭とそっけなく庭仕事へと消えていった母のおかげで、また父と二人きりになった卓は席を立つ理由を探していたのだが、それより先に父が声をかけてきた。

「卓、大事な話があるんだが、大学で彼女の一人もできたのか？」

一瞬頭が真っ白になった。なにかの幻聴かな、と思い父を見やると、らしくもない話題に父自身緊張しているのか、一切目を合わせようとはせず、不自然なほど新聞を見つめていた。とうの昔に中身を飲み干していた湯飲みのふちを撫でながら、卓はなんとか平静を保ちながら答える。

「いいえ、とくには」

「……そうか」

父が新聞をめくる音が、やけにうるさく部屋に響いた。

ノストラダムスの予言が確かなら、恐怖の大王は、世界を滅亡させるらしい。とすると、卓が恐怖の大王だと言ってしまった父もまた、何か滅ぼしにかかってくるのだろうか。

そんな懸念が脳裏に浮かぶと同時に、父が唇を開く。

「月末に見合いしないか。波田《はた》商事の取締役の娘さんでな。取締役とは大学の同期だから、懐かしくてお前の学園祭の写真を見せたんだ。そしたらあちらさんがえらくお前を気に入って……」

今度こそ、卓は返す言葉が見つからなかった。頭の中が真っ白になるどころではない。何も聞かなかったほんの数分前に戻りたいなんて願いが胸に湧き、なぜもっと早く席を立たなかったのかと後悔で頭がいっぱいになった。

父は相変わらずこちらを見ない。緊張に満ちた鬼瓦の横顔は、本音を隠しているときの気まずい旭の横顔に、どこか似ていた。

「お見合い？」

「そんなかしこまったやつじゃない。ちょっと、あちらのご家族と、一緒に食事しながら話をするだけだ。何も、つきあうかどうかまで強制する気はないから、安心しなさい」

「そっ……うは、言っても」

「来年は成人するんだから、具体的に考えてもおかしくはないだろう」

ようやく顔をあげた父が、いつもの冷たい瞳で卓を見据えた。

強制ではない。という言葉を鵜呑《うの》みにできるのなら、そもそも自分も旭も、ここまで父との距離を摑みかねたりしないだろうと、苛立ちさえ胸に湧きはじめる。

断りたい。だがその度胸がないばかりに胸にうずまく鬱憤《うっぷん》が、普段は器用なはずの卓の言葉選びの邪魔をする。

「いきなりそんなこと言われても。彼女がいたら、今の話はしなかったんですか？」

「食事を、するだけだ。会社同士のつきあいが長くてな、あちらさんも、いずれうちの会社を継ぐ長男がどんな男か興味があるんだよ。それだけだ」

「でも、はっきり見合いだと……」

「まあ、そのつもりでいてくれって程度だよ。わかるだろう」

わかる。父自身のことだろう。

会社のメインバンクの頭取のすすめるままに、卓の母と結婚した。旭の父と卓の母は、端的に言えば愛し合っているようには見えなかった。

だが、大人の事情なんてわかりたくない。そこに、お前もそろそろ大人になるんだろうと言われては、卓は自分の中にある拒絶心が、まるで子供のわがままなのではと不安になってくる。

「特にお前は、早いほうがいい。旭がそのうち何か問題でも起こしたら、お前の評判だって傷がついて、いい縁談を逃《のが》すかもしれないんだからな」

「……何それ」

不安に揺れていた卓の心が、かっと熱を帯びる。

いつも抱いている父への遠慮も、見合いの話への及び腰もあっという間にどこかへ追いやられ、卓の頭の中は旭のことでいっぱいになっていた。

「旭が何か問題って、どういう意味」

「言葉のままの意味だ。最近、作間さんちの子とつきあいがあるらしいじゃないか。昔から性質《たち》の悪いいたずらばかりしてた上に、不良とつきあうようになるんじゃあ、どう転ぶかわかったもんじゃないだろう」

「問題起こす前からそんなこと言うことないだろ！」

気づけば、卓はテーブルを叩いて身を乗り出していた。

父に声を荒げるなんて初めてだ。驚いた父が、小さな目をまんまるに見開くのを見て「しまった」と思いはしたが、それでも卓は自分を止めることができなかった。

「そんなこと考えてる父さんのほうが、あいつよりもよっぽどどうかしてる。あいつが不良になるかもしれないなら、僕の市場価値の心配よりも、あいつの心配するべきじゃないか！」

慣れない激昂《げっこう》に、心臓が跳ねまわる。感情が高ぶりすぎて涙が出そうで恥ずかしかった。

何より、今まで築いてきた、微妙な父との距離が、これで一気に離れていってしまいそうで恐ろしい。

それでもまくしたてる卓の言葉を、父はさえぎることはなかったし、目を逸らすこともなかった。

ただ、いつの間にか神妙な表情になっていた父が、新聞をテーブルの隅に追いやると、卓の逃げ場をふさぐように言葉をつむいだ。

「俺も人の親だ、二人子供がいたら、どっちも心配なんだよ。お前の問題も旭の問題も、同じ重さの心配の種なんだよ。だから、お前の分の心配がなくなれば、その分旭のことだけ心配してやる余裕ができる」

「……つまり、僕がその、波田商事の娘さんと婚約でもしたら、心おきなく旭をかまってやれるってわけ？」

収まらぬ激情に、声が震えた。

父の言葉は、連れ子の卓にとってありがたい言葉であり、同時に冷たすぎる言葉でもあった。

そして卓には、旭をないがしろにされれば反論する度胸はあっても、見合いを断る度胸はない。なぜないのか、そんなことを考える暇もなく、今決断を求められているのだ。

頭が働かない。旭のことしか考えられず、だんだんほかのことがどうでもよくなってくる。

彼女なんていないが、告白されたことはある。ただ漠然と、父の会社を継ぐのなら、そのうちそれにふさわしい相手を、といって見合いさせられるだろうと思っていたから、積極的に恋愛方面に足を踏み入れなかっただけだ。

なのに、いざこうして見合いの話をされて、自分は何をうろたえているのだろうか。

「……その食事会、月末って言ってたけど、僕と父さんだけで行くの？　家族で？」

見合いする気分じゃない。ただそれだけの本音のために、旭をかばったときほどの情熱を燃やせるはずもなく、卓は気づけばそんな言葉を漏らしていた。

そんな卓の様子に、父は即答せず、ただ心配げな眼差《まなざ》しを向けてきた。そういう少し優しそうな顔、旭には向けてやらないいんだ。という嫌味は、もう言う気にはなれなかった。

迷いを見せたまま、父が唇を開く。しかし、続く言葉は、突然部屋に響いた男の声によってさえぎられた。

「やめろよ父さん！　兄ちゃん嫌がってるだろ！」

ぎょっとして、卓も、そして父もダイニングの入り口を見た。

扉にしがみつくようにしてこちらを覗きこむ旭の姿がそこにはあった。

白い頬は緊張のせいかいっそう血の気を失い、今日も今日とて絵の具で汚れた顔は間抜けだが、怒っているのか、怯《おび》えているのかわからない、複雑な表情は、懸命に父を睨もうとしていた。

今のは本当に弟の声だろうか。そんな疑念を打ち払うように、また旭が怒鳴る。

「聞いてんのかよ！　み、見合いだとかなんだとか、しつこい男は嫌われるんだぞ！」

「旭、それはちょっと使いどころが違うんじゃないか……」

「違わないよ！　だいたい、父さんだってうっかりお見合いして、気づいたら結婚して、母さんの尻に敷かれて困ってるんじゃん。兄ちゃんまで、そんなノリでお見合いさせて、変な女の尻に敷かれたらどうするんだよ！」

「……敷かれとらんよ」

父の反論の声は小さかった。

しかし、むっつり押し黙った表情はなんとも苦々しい。

卓ははらはらした。父が「旭のことも心配だ」と言ってくれたのは本当だろうか。初めて、父にはむかう旭の姿に、腹を立てて前言撤回してしまったりしないだろうか。

それが心配でならないのに、同時に卓は旭の勇気に感動していた。

扉にしがみついて、顔だけ突き出した姿からは、父と向き合えない今までの態度が滲み出ている。へっぴり腰の、少し間抜けな格好での主張は、しかし卓にはやけに格好いい姿に見えるのだ。

父に声を荒げる。その行為への恐怖から今にも雫《しずく》をこぼしそうな、潤んだ瞳の輝きさえ愛《いと》おしい。

「と、とにかく卓兄ちゃんのこと、困らせんなよ。頼むよ父さん」

次第に、勢いのあった旭の声が細くなっていく。

しかし、その震えるようなか細い声音に、ついに父が押し切られたように視線を泳がせたのを、卓は見逃さなかった。

「あー、卓……」

「は、はい？」

「……もらいもののボーリングのチケットがあるんだ。月末あたり、旭を連れていってやれ。大事な話ってのは、それだけだ」

ダイニングを、奇妙な沈黙が支配する。

父は、逃げるように新聞を手にとり、もう息子に用はないかのような態度を取り繕う。

卓は旭と呆然《ぼうぜん》として顔を見合わせた。

思えば二人して、父親に初めて反抗した日になるのではないだろうか。

父の気が変わらぬうちにそそくさとダイニングを出ようとすると、ふと、父の声が追いかけてきた。

「旭、立ち聞きなんてみっともない真似はするんじゃない。卓、お前もだ。……就職の話じゃあるまいし、自分のことで市場価値とかいうな」

「は、はいっ」

まさかそんなことを言われるとは思いもよらず、二人の兄弟は声をあわせて返事をすると、慌ててダイニングの扉を閉めるのだった。

「うっ、先週よりひどい。旭、お前どうやったら絵を描くだけでこんなに部屋汚せるんだ?」

二人で三階に戻り、誘われるままに弟の部屋に足を踏み入れると、旭の部屋は相変わらず画材が散乱していた。

坊ちゃんのカーペット新調したんですね。カラフルになって。と、掃除の仕事が増えた家政婦の嫌味が切れ味を増したほどだ。

「旭、人を誘っておきながら、その部屋に座る場所も足の踏み場もないってのは、どうかと思うぞ」

「……」

「おい、旭?」

いつもなら、大げさだといって怒るはずの旭の反応が薄い。

ふと見ると、相変わらずイーゼル代わりになっている椅子に立てかけた画板をじっと見つめながら、旭は神妙な顔をしていた。

画板には、華やかな彩りなのに、どこか人を不安にさせる、よくわからない物体が描き込まれていた。先週の落書きとはわけが違い、その画面からは、絵としての存在感が伝わってくる。

一週間で、ここまで描くものが変わるものなのかと、内心驚いて卓は旭の傍らに立って、絵を覗き込んだ。

「なんだ、迫力出てきたじゃないか。これなら恐怖の大王って感じはするな」

「マジで？　よかった……。兄ちゃん、勝手にお見合いつぶして、ごめん」

「え？」

まさかそんなことを気にしていたとは思いもよらず、卓は旭を見下ろした。まだ数センチほど弟の背は自分よりも低い。けれども、昔に比べて、じわじわと目線が近づいてきている気がした。

「兄ちゃんはすごいな。やっぱ大学生になったからかな。親父《おやじ》と対等に話ができてて、うらやましかった」

「旭……」

「大人だなあ。……なのに、俺ぜんぜん駄目だ。親父に、ろくなことが言えない」

しみじみとした声音は弟らしからぬもので、だからこそ、彼が本心から無力感を覚えているのだと伝わってきた。

うなだれて、溜息を一つ。

その元気のないシルエットを見ていられず、卓は旭の肩を摑むと自分のほうへ向かせた。

絵を描くだけで、何をどうすればこんなに汚せるのか、鼻にも頬にも絵の具がついて、茶色いふわふわの髪の一部は、白い絵の具でぱりぱりに固まっている。

その顔を覗き込み、卓は本心から言葉を紡いだ。

「何言ってんだ旭、馬鹿だなあ。お前さっき、僕のことかばってくれたじゃないか。すごくかっこよかったんだぞ。父さんも、びっくりしてただろ」

「……」

そんなわけがない、と言いたげな、揺れるグレーの瞳が卓の視線を見つめ返してくる。

「お前がどう思おうと、僕はお前が助けてくれて嬉しかった。お見合い、したくなかったんだ。でもちゃんと自分の口からそう言えなかったから……ありがとうな、旭」

「……」

今度は、旭は視線を逸らし、唇を噛んだ。

白い頬は赤く染まりやすい。だから、弟がはにかんでいるのは、すぐにわかる。

「でも兄ちゃん、いつか本当にお見合いとか、結婚とかしちゃうんだよな」

「そんなの、まだまだ先の話だよ。それより今は、お前を風呂に入れるほうが最優先だ」

「へ？」

卓は旭の頬をかるく指で撫でてやった。とたんに旭の頬の朱色が濃くなるが、気にせず絵の具に汚れた指を見せつけて、父との話で生まれた緊張をほぐすように、おどけた調子でたたみかけた。

「ほら、こんなに汚れてる。お前器用だな、画用紙よりお前のほうが絵の具ついてるくらいじゃないか？」

「あ、これは、さっきパレットの上にこけたからっ……げ、芸術は難しいもんなんだよ！」

「はいはい。とりあえず風呂に入ろう。さっきのお礼に、背中流してやるからさ」

「……はあ⁉」

「はぁって、ほっとくわけにはいかないだろ。ほら、脱いで」

絵の具に汚れたパーカーに手をかけると、旭は耳まで赤くなってうろたえた。飛びのくようにして後ずさり、その拍子にまた絵の具を踏みつけてしまう。

その様子からは、父とのやり取りに意気消沈していた様子はもう見当たらず、そのことにほっとして、卓は旭を追いかけた。

「何恥ずかしがってるんだよ。男の子だろ」

「お、男の子だからなんだよ。っていうか、子供じゃねんだから！　ば、馬鹿、触るなよ！」

「なんだよ、僕の背中流しじゃ嫌だっていうのか」

「せ、背中流しとか、そもそもしたことないだろ！」

「昔はしたじゃないか」

「この家に来たての古い話すんなよ！　こ、この歳で兄ちゃんと風呂なんか、俺、嫌だから！」

激しい拒絶に反して、旭の態度そのものはどこか柔らかい。

何をそんなに照れているのか、と卓が首をかしげていると、騒ぎを聞きつけたのか、部屋に母がやってきた。

「何してるのよ、あなたたち」

「いや、汚れてるから風呂に入ろうって言ってるんだけど」

卓が言う間も、往生際悪く旭は机の下にもぐりこんでしまう。

それが中学二年生の逃げ場所だろうか。と思わないこともなかったが、その光景に母の溜息は深まるばかりだった。

「卓、あなたって弟をいじめてるときは輝いてるわね」

「い、いじめてないよ！　せっかく背中流してやろうと思ったのに、むしろ可愛がってるくらいじゃない？」

「私、自分の姉に背中流されたくはないわよ。あなたも遠慮しなさい。それより、どうしたのその絵？」

絵の具のこぼれた場所を避《よ》けながら部屋に足を踏み入れた母が、のそのそと机の下から出てきた旭に目を向けるでもなく、じっと画板の画用紙に描かれた威圧感のある前衛芸術を見つめた。

そして、ぽつりと呟く。

「なんの絵？　お父さんの絵？」

鋭い一撃に、思わず噴き出した卓の目の前で、旭は目玉がこぼれおちんほどに驚いたかと思うと、再び真っ赤になって机の下にもぐりこんでしまったのだった。

一九八八年。

「うちの旭が？　そんなはずは……いえ、すぐに伺います。失礼ですが、どちらの映画館でしょうか」

その日は土曜日の夜で、父母は外出している。

卓も旭も、それぞれ自室でくつろいでいたはずが、週末の静かな夜は、一本の電話で打ち破られた。

ナイト営業中の映画館から「お宅の旭くんが子供だけで映画を見に来たから保護した」という連絡が来たのだ。

電話を終えて、慌てて弟の部屋にいくともぬけの殻で、半開きの窓から吹き込む風が、むなしくカーテンを揺らしている光景があるだけだった。

思わず「あの馬鹿っ」と呟《つぶや》いた卓の声は、自分でも驚くほどの焦燥感に満ちていた。

外出の仕度をして、ダイニングに、父母への書き置きを残す。できれば、父母が帰る前に旭を連れて帰ってやりたいが、話がこじれたときのための保険のようなものだ。

ふと見上げると、今年の正月からダイニングに飾られた絵が目に飛び込んできた。

「恐怖の大王」では、おぼっちゃま学校的に都合が悪い、と言われ、タイトルを「父」に変えるはめになった旭の絵は、去年市の絵画展で入選を果たした。

残念ながら、五十億円どころか、五百円分の図書券しか手に入らなかったが。

卓が「部屋に飾ろうか」と言ったときは嫌がった旭だったが、母が勝手に飾ってしまったそれを無理やりはずすことはなかった。

なんだかんだ言って嬉しいのか。と微笑《ほほえ》ましく思った、ほんの数か月前が、今となっては懐かしくてならない。

恐怖の大王、もとい父の絵に目を細めてから、卓は夜の街に駆け出した。

卓も今年で二十歳《はたち》。何かが劇的に変わるかと思っていたが特になんの変化もなく、むしろ変わってしまったのは弟の旭の生活だった。

中学に入ってから少しずつ友達づきあいが増えていた旭は、今年に入って家にいない時間が急激に増えた。

ゴールデンウィークや夏休みに、出かけるあてもなく家に閉じこもっていたのがつい最近のことのように思えるのに、今では帰宅の遅さにはらはらさせられる日々だ。

春城からは「お前の弟、クラスの女の子と自転車の二人乗りしてたぞ。彼女のいない俺に対する冒瀆《ぼうとく》じゃないか」と言われ、父からは「まだあいつは作間さんとこの不良息子とつきあいがあるのか」と探られる。知りたくもないのに、周囲が旭の交友関係を吹き込んでくる中、先日は母に「旭くんが引きこもりがちで心配してたのに、外で遊びまわるようになったら文句言うなんて、あなたけっこうわがままね」と痛いところをつかれてしまった。

だが、実際こうして問題を起こして他人様《ひとさま》から呼び出しを受ければ、不安が的中したというほかない。

二駅先の繁華街は、もう十時を過ぎているのに賑やかなものだった。ライトアップされる観覧車のシルエットを横目に映画館に駆けつけると、疲れた顔をしたスーツ姿の男がやってきた。

怒っている様子はなく、ただ、子供だけで夜の観賞はちょっと、と穏やかな忠告を受けながら事務所に案内されると、ようやく目当ての男を見つける。

事務所の片隅のソファーに、旭と同級生が座っていた。男が三人と女が一人。四対の瞳が一斉《いっせい》に自分を見たことに一瞬たじろぐが、旭以外の三人は、自分の親でなかったことにあからさまな安堵の色を浮かべてなにやらささやきあっている。

「あれ、てっきり母さんが来るかと思ってた。ごめん、兄ちゃん」

一人立ち上がった旭が、気まずそうに頭をかきながら唇を尖らせた。

素直に謝られてしまうと、卓としても第一声の勢いをそがれてしまう。

「ご……ごめんじゃないだろ。何やってんだよお前は」

「何って、映画見にきたんじゃん。なあ」

旭の呼びかけに、三人の中学生がそれぞれ幼い顔に気まずそうな笑顔を浮かべてうなずきあった。

「とりあえず、反省してるみたいですし、お迎えのあった方からお帰り願えますか。次回からは、ちゃんと昼間か、保護者の方とお越しください」

別にこなくてもいいんですけど。という心の声が聞こえてきそうなそっけない様子で館員に追い立てられ、卓は旭の同級生への挨拶もそこそこに映画館をあとにした。途中、窓口に卓と同じ来意を告げるご婦人を見かける。今夜はどこの家庭も説教に忙しくなりそうだ。

「チケットも普通に買えたし、途中まで見てたのに、いきなり別室に連れていかれたんだぜ、ひどいだろ?」

「もぎりの人に大学生だと嘘をついて買うのは普通に買えたとはいえない。お前、反省してないだろ」

海風に吹かれながら、もと来た道を駅に向かって二人で歩く。

長い手足を流行りの服に包んだ旭は、その長身のせいか確かに大学生といわれれば通らないでもない。

大人びた横顔をして行き交う人々に紛れ込む姿は、地味な格好で地味な生活を送る卓よりもよほどネオンの彩り豊かな繁華街が似合っていた。

可愛いだとか、可愛くないだとか、そういう感情の届かない生き物になってしまったような気がして、この男は本当に自分の弟だったろうかと、妙な不安は深まる一方だ。

「旭、お前最近ちょっと度が過ぎないか。外に遊びに行くのはいいけど、遅くまでゲームセンターに入り浸ったり、こんな夜中に家抜け出して映画館行ったり……」

「だって、雪《ゆき》が昼間は時間が取れないっていうから」

親しげに、旭の唇から女の子の名前がこぼれたことに、卓はわけもなく眉をひそめた。

雪というのは近所の子で、今年に入って急に、毎朝鷹浜家のインターホンを押すようになった。女の子と待ち合わせて通学、なんて、以前の旭なら絶対に子供っぽいといって嫌がっただろうに、今の旭は、いつのまにかつんつるてんになってしまった学ラン姿で当たり前の顔をして彼女と出かけていくのだ。

今訪れた映画館の事務所にいたのも彼女だった。

もしかしたら、春城の言っていた「二人乗りの女の子」も彼女なのだろうか。

詮《せん》ないことを考える卓をよそに、旭の言い訳は続く。

「あいつだけ、余所の高校受けるんだよ。最近なんか、受験対策で毎日塾とかに缶詰でさ。息抜きさせてやろうにも、夜中に抜け出すくらいしか思いつかなくて」

「そりゃ友達思いでけっこうだが、結局ご両親に連絡がいって雪ちゃんも叱られるんじゃないか。本末転倒だろ」

「うん、失敗した。あいつの親父さんが、俺の親父ほど怖くないこと願うしかないなあ」

ため息混じりの旭の言葉の「あいつ」という親しげな呼称に、卓は落ち着かない心地になる。今口を開いたら、兄らしからぬつまらない嫌味を放ってしまいそうで、卓は小さな嘆息とともに視線を落とす。

するると、旭のジーパンのポケットからはみ出している映画のチケットが、ひらひらと風に揺れていることに気づいて、卓はそれに手を伸ばした。

無駄になってしまったチケットに印字されているのは「危険な情事」のタイトル。

最近よく耳にする人気の洋画だ。確か、サスペンスものだったか。ポルノ映画でなかったことに安堵は覚えるものの、タイトルのインパクトがすさまじい。

「旭、誰がこの映画見ようって言い出したんだ?」

「そりゃ、俺とか作間とか……ん?」

チケットを見つめながら歩く卓の呆れた声音に、半歩前を歩いていた旭が振り返った。と、同時に、卓の手元にある紙切れに気づき、見る間にその顔が赤くなる。

ぱっと、長い腕が伸びてきてチケットを取り上げられそうになるが、一瞬早く自分の手を引っ込めて卓は旭に詰め寄った。

「考えてみれば、僕に声でもかけて一緒に行ってたら、夜でも普通に見れただろうに、こそこそ子供だけで行くくらいなんだからやましいところがあったんだよな」

「ちょ、違うよっ!　チケット返せよ!」

「何をそんなに慌ててるんだ。だいたい、もうこのチケット無効だろ」

「そ、そうそう、無効!　だから、タイトルとか、絶対見るなよ!　俺が捨てるから返せって！」

海沿いの歩道で、卓はチケットを取り返そうとする旭の手から、ひらりひらりと逃げまわる。

もしかして、このタイトルからエッチな映画だと思って期待してたんだろうか。とか、男ばかりで女の子一人誘いあわせて映画だなんてマセすぎてないか、だとか。そんなことに頭を悩ませる卓は、チケットを取り返そうとする子供のような旭の様子に、やけにほっとしてしまう。

「あっ」

どちらともなく声をあげたのは、旭の手がついに卓の指に触れたときだった。かすかな接触に震えた指先から、海風に煽られたチケットが蝶のように飛んでいく。

「ああ～……小遣いはたいたチケットが……」

もうなんの価値もないチケットを名残《なごり》おしげに見守る旭の目の前で、チケットははしゃぐように風に舞い、観覧車の影に彩られた海面へと落ちていった。

「に、兄ちゃんのせいだぞ」

「悪かった。でも、捨てるつもりだったんだろ？　もう、使用済みのチケットじゃないか」

そりゃそうだけど。と言って海に向かって身を乗り出す旭の、唇を尖らせた昔のままの横顔に、くすぶっていた不安がかすかに和らぐ。その安堵からか、卓は自然といつものお兄ちゃんらしい説教をすることができた。

「友達思いなのはけっこうだけど、その子にも、関係のない人にも迷惑のかからない方法でしてやれよ。お前たちのせいでもし何か問題が起こったら、雪ちゃんだってせっかくの高校受験、ふいになるかもしれないんだから」

「……そ、そうなのか？」

思いのほか、素直に反省してくれたらしい旭の顔がこちらを向いた。

グレーの瞳に、あたりのネオンの色が溶け込んでいる。夜の繁華街を背景にした旭を見るのは、思えば初めてかもしれない。

違和感はあるが、妙に似合っているのは、その恵まれたプロポーションのせいだろうか。

「ああ。僕らの学校から余所の高校受けるくらいなら、かなりレベル高いところだろ。そういうところは、内申書にもうるさいもんなんだよ」

「そっか。そんなつもりじゃなかったんだけど……」

「……もしお前がまだ映画を見たいのなら、今度連れてってやろうか？」

「えっ？」

「昼間ならこの辺のお店も開いてるし、せっかくの気晴らしが中止になった雪ちゃんにプレゼントでも買ってやれよ。ああ、でもそれなら、僕と行くより作間くんとかのほうがいいか」

余裕ぶって言いながら、卓はそっと視線を弟から逸らせた。

きっと彼が友達を選ぶだろうことが、寂しかったのだ。しかし、夜風が届けてくれた旭の言葉は、嬉しいものだった。

「い、いや、兄ちゃんとがいい」

「……」

「あ、だから……映画、とか」

「……そ、そうだよなあ。僕とのほうが、映画代浮くもんな。よし、じゃあ早速計画たてようぜ」

このところ不安に凍《こご》えていた心が、たかが映画の予定一つでとたんに嬉しげに跳ねまわる。その音がばれてしまいそうで、思わずそんな皮肉でまぜっかえした卓だったが、その頬は、いつもの旭のように赤く火照《ほて》っていた。

事件から一週間後。

あの日と同じ映画館に向かう電車の中で、卓は春城と二人、つり革を摑んで揺られていた。

「で、なんで一緒に映画館に行かずに、わざわざ別々に目的地で待ち合わせしてるんだよ」

「それがさっぱりわからないんだよ。バイトのシフト夕方に変えてまで昼間空けて、一緒に行こうって言ってやったのに」

土曜日二時に映画館の入っているショッピングモール入り口で待ち合わせだぞ。

と言うと、旭は卓とさして変わらぬ時間に家を出た。使う路線は同じだから、せいぜい電車一本分、下手をすると同じ電車の別車両に乗っていてもおかしくない。

弟の行動は理解に苦しむが、なんにしろ改めて弟とどこかに遊びに行くなんて少し新鮮で、待ち合わせというのも悪くはない。

「しかし旭も来年高校生かあ。早いもんだな。一日一回隣の家から『兄ちゃんの馬鹿』って叫ぶガキの声が聞こえてたのも、もう昔の話かあ」

「ああ、そういえばあんまり馬鹿って言わなくなったな、あいつ……」

「言う相手が変わったのかもよ」

思いがけない指摘に、卓は心臓をわしづかみにされたような気になった。

外で、自分以外を馬鹿と言っている旭なんて、想像もつかない。

「その、最近旭が仲良くしてる雪って子、一丁目の村上《むらかみ》さんとこの子だろ。噂好きのおふくろの話じゃ、学校で問題起こしたから、そのままあの学園の高等部に行かずに外部の高校受けるらしいぞ」

「何、どういう意味だ？」

「うちの学校、中等部と高等部が同じ敷地内だろ。その子、高等部の男とつきあってて、保健室でいろいろやらかしてたとかなんとか。それで県外の女子高受けさせるってんだから、信憑性《しんぴょうせい》はあるだろ」

この一週間、二人ででかける予定にかまけてなりを潜めていた旭への不安が、またぞろ卓の中で顔をのぞかせる。

毎朝自宅前で顔をあわせれば丁寧に挨拶してくれる少女にそんな噂があるだなんて、旭は知っているのだろうか。

「その子とか作間とか、お前の弟の周りは問題児が多いなあ。おっと、旭も十分問題児か」

ははは、と笑った春城の声が耳に障る。

だが、実際その通りだった。

旭の変化は、単に交友が増えたからだと思いたい。けれども一方で、同じ頃の卓なら決してしなかっただろう無断外泊や問題行動がひっかかる。

厳格で昔かたぎな父にはとうの昔に不良に見えているらしいが、そろそろ卓も、そんな父にうまい反論が思い浮かばなくなってきていた。

このまま下車せずに大学に向かうという春城と別れ、卓は週末の喧騒《けんそう》に包まれた繁華街に降り立つ。潮風は先週の夜と変わらずさわやかな香りで、昼間の観覧車はおもちゃのような無邪気さでくるくるまわっていた。

夜ともなればネオンに照らされ大人の顔を見せる港は、青空の下では子供の歓声のほうがよく似合う。それと同じように、先に待ち合わせ場所にいた旭も、この景色の中だと昔と変わらぬ、可愛かったり可愛げがなかったりする、あの不器用な子供のままに見えた。

「兄ちゃん、こっちこっち！」

「ああ、先についてたのか。待たせて悪かったな」

「……いや、今来たとこ」

確実に電車一本分は卓より先に到着しているとわかりきっているのに、妙なことを言うと旭は恥ずかしそうに顔を背けた。口の中で「なんちゃって」などとぶつぶつ言っているが、何がしたいのだろう。

ショッピングセンターに足を踏み入れると、さらなる雑踏が二人を待っていた。

「すごい人だな。旭、はぐれるなよ」

「は、はぐれるかよ馬鹿っ。どんだけ子供だと思ってんだよ」

人ごみに押され、旭が迷わぬようにと肘《ひじ》をつかむと、久しぶりに旭の「馬鹿」が聞けた。それが嬉しくて、つい頬がゆるむ。

肘から手を離し、その代わり二人で肩を並べて各店を覗き込む。

今までは旭をどこかに連れていってやるのが卓の役目だったが、甘い香りの石鹸《せっけん》屋や、花模様のハンカチやスカーフが並んだ小物店、少女趣味の食器が目に賑やかな雑貨店を前にすると、旭のほうが足取りが軽い。

ささいなことで、なんでも照れて癇癪を起こしていた子供が、今目の前で友達のために桜模様のマグカップを見比べている姿は、なんだか不思議だ。

女の子のものを選ぶのは、初めてではないのだろうか。もしかして、雪に限らず、クラスの女の子にモテていたりして。

「兄ちゃん、これどう思う？　子供っぽいかな？」

「うーん、女の子のことはよくわかんないけど、個人的には子供っぽいと思うな」

よきアドバイザーの顔をして適当なことを答えながら、なおも卓は旭を観察した。

チェックのシャツにカーゴパンツ。家を出るときも見たはずの旭の格好は、人で溢《あふ》れかえる繁華街の中だと妙に洒落《しゃれ》て見える。ましてや、旭は手足が長いからなおさらだ。

そういえば、さっきから通行人の数人に一人はちらちら旭を見ている。

いつの間に、旭はこんなにたくさんの人の目にさらされるようになってしまったのだろう……。

「はぁ、女の子のもんって、なんかちまちましてて、見てると疲れる。兄ちゃんは、なんか欲しいものあったか？」

「僕が桜柄の茶碗やら、くまの模様ついたマフラー見て欲しがるわけがないだろ」

それもそうか、と言って笑うと、ふいに旭はかがめていた腰をすっと伸ばし、あたりを見回した。

そして、人ごみをかきわけるようにして大股で向かいの店に向かうと、男性型トルソーを指さして振り返る。

「じゃあ、兄ちゃんにはこんなのどうだ？　高校時代からずっとそのダッフルコートだろ。たまにはこんなコートもイメチェンにいいと思うぞ」

近頃の中学生男子は、ファッションなどに興味があるのか。軟弱だな、と驚きながら、卓は弟とトルソーを交互に見つめた。

流行っているだとか、そうでもないだとか、小耳にはさんだことのある革製のハーフコートは、日ごろ遊び心のないファッションに終始している卓には、少し気取りすぎているように見える。

「すみませーん、これ、試着してもいいですか？」

「おい、旭。やめろよ、買わないんだから」

まさか、あの引きこもりがちだった旭が、ぱっと見て気に入った服のために店員に声をかけるなんて予想していなかったせいで、卓の反応が遅れてしまう。小声で抗議する間で、あっという間に店員が笑顔でやってくると、トルソーからハーフコートを抜き取ってしまった。

「どうぞ、お鏡はこちらです。重たいですけど、一着あると便利ですよ」

店員の決まりの文句に、旭は「ふーん」とだけ答えると、受け取ったコートを卓に向けて広げてみせた。

お前のほうが似合っているよ。と言ってやりたいが、着て見せてくれといわんばかりのどこかわくわくした瞳の彩に根負けして、ぎこちなく袖を通す。

「やっぱり。かっこいいじゃん兄ちゃん。俺より背高いし、姿勢いいから、すごく似合う」

「なんだ、旭もおべっか使えるようになったのか。成長したなあ」

「おべっかじゃないし！　っていうかなんだよ、成長したなあって、おっさん臭いぞ」

店の姿見には、どちらかといえば滑稽な自分の姿が映っていた。

インディゴのジーパンにグレーのセーター。という地味すぎる卓の姿は、完璧にコートに食われている。

ぺたんと胸元にはりつく襟元は、もっと胸板の厚い男向けにデザインされているのか、華《きゃ》奢《しゃ》な卓に似合っていなかった。

しかし、背後から伸びてきた旭の手は、その襟に触れたかと思うと、ゆっくりと折り目をなぞりながら首まわりへと登ってくる。分厚い皮革ごしに感じる旭の指が、いつの間にか繊細な棒っきれから、男の手に成長している気がした。

「おい、旭？」

「待って、肩のラインあわせるから。あと、襟をもうちょっと立てたほうが……」

「お前、いつからファッションにうるさい男になったんだ」

「うるさくないよ。っていうか兄ちゃんは無頓着すぎんだよ。せっかく綺麗な顔に生まれたんだから、少しは流行りの服とか、着ろよな」

思わず、卓は鏡の中の旭を凝視した。

兄の背後で、しかつめらしい顔をした弟は、コートをうまく着せることに夢中で、自分が何を言ったのかわかっていないようだ。

綺麗な顔、というのは、褒め言葉なのか、なんなのか。

初めての評価ではないのに、旭に言われると落ち着かない。卓のほうがよほど、いつも旭の顔ばかり見ていたが、綺麗というのは例えば、旭のグレーの瞳であるとか、透き通るような白い肌だとか、陽にすける茶色のまつげだとか、そういうものだと思うのだが。

鏡の中にいるのは日本人形のように、小綺麗だが温もりのない地味な面貌で、重たげな黒い髪と、革コートの似合わぬ細い首は、とても魅力的には見えない。

そんな自分を、弟は綺麗な顔だと思っていたのだろうか。

悶々と、思考が乱れる。

その隙をつくように、襟を直していた旭の指が、卓のうなじに触れた。

「っ……」

ぺたりと、後ろ髪の生え際にはりついた指の腹が、一瞬震える。

だが、卓は鏡を見ればすぐにわかるだろう、旭の様子を見る勇気がなかった。

不自然なほど視線を足元に落とすと、うなじに触れた指が、そのまま首の付け根へと降りてくる。襟とうなじのわずかな隙間に指がもぐりこみ、首回りの襟の折り返しを調整して

いる。

そこから皮膚が燃えて肉が焼けてしまうのではないか。

そんな、非現実的な錯覚に心臓が高鳴る。

こんなときに、脳裏に巡るのは、春城から聞いた旭の友達の話題だ。学校の敷地内で、ふしだらなことをしたという噂。

そんなませた女子生徒と仲良くしている旭は、彼女のうなじに触れたことがあるのだろうか。

いつの間にか繊細さをうしなった弟の指先が、なおもうなじを撫でる。

じわり、じわりと肌をなぞりあげはじめた指先が、いつのまにか震えている。

コートの襟など置き去りにして、旭の指が耳の付け根に、近づいてくる。

ちりちりと、撫でられたあとが火傷《やけど》のように熱く痛んだ。

たまらず、卓はわざとらしいほど大声で叫んでいた。

「あーっ、重いっ」

うなじの上から、弾かれたように旭の指先が離れていくことに、物足りなさと安堵の両方を抱きながら、卓はコートを脱ぎ振り返った。

「無理だ旭。兄ちゃんにはハードル高いわ、これ。反省して少しはお洒落がんばるから、こういう上級者向けの服は、また今度な」

「……」

うまく、いつものお兄ちゃん顔ができているだろうか。

そんな不安にかられながらも、卓は笑顔で旭をけん制する。

その勢いに気圧されたように、旭は一瞬気まずい表情をしたあと、すぐにいつもの拗ねた、弟の顔を見せてくれた。

「ちぇー、けっこう臆病だな兄ちゃん」

「なんでコート一着のことで、臆病とまで言われなきゃならないんだ」

笑いながら、卓は商品を店員に預け、店を抜け出した。


いつまでたっても、旭に撫でられたうなじがひりひりと熱を持っている。

そのうちこの熱はさらに高まり、自分はそこから溶け出してしまうのではないか。

起こるはずもない空想に怯えながら、卓はたどり着いた映画館の窓口に立った。

ちょうど窓口の脇に「危険な情事」の恐ろしげなデザインの、しかし官能的なポスターが貼り付けられている。

いわくありげな二人の男女。何かを期待させるタイトル。

しかしその内容は、深まる男女関係に殺意の絡む、スリラー映画らしい。

だから旭に見せても問題はない。ただの怖い映画だ。

そう自分に言い聞かせれば言い聞かせるほど、卓のうなじは熱を帯びた。後頭部に達した熱が、ぐずぐずと脳みそをとろかし、いらない記憶を引きずり出す。

雪のスキャンダル。そんな雪のために、世話を焼いてやる旭。「危険な情事」のチケットを卓に見られそうになったとき、慌てて取り返そうとしていた弟の姿。

これは大人の見る映画だ。旭にはまだ早い。

そんな気がしてポスターから視線を逸らすと、今度は反対柱に貼られた別のポスターが視界に飛び込んできた。

こちらは色気も何もない、巷《ちまた》で流行りの「ロボコップ」のポスターだ。

車から降り立つメタリックボディ。いかにも子供だましなのに、妙な迫力がある。

「お客様、どうなさいます?」

いつまでも注文をしない卓にしびれを切らしたように、窓口から声がかかった。背後で、きっと旭も怪訝な思いでこちらを見つめていることだろう。

今日はあの夜のリベンジだ。途中までしか見られなかった「危険な情事」のために、卓のほうから旭を映画に誘ったのだ。ならば、それと同じチケットを買えばいい。

「すみません、大人二枚……」

視界の隅にうつる「危険な情事」のポスターの男女が、一瞬、旭と雪に見えた。

「ロボコップを」

「はい、ロボコップ、大人二枚ですね」

窓口から出てきた映画のチケットを見て、卓はようやく自覚した。

旭は変わりすぎたのではない。ただ自分が……自分だけのものだった頃の旭をうしなって
しまうのが怖かったのだ。

「兄ちゃん、まだか？　もうすぐ上映時間だぞ」

「あー……今、買えた」

めいっぱいの言い訳を考えながら弟を振り返った卓のうなじは、いつの間にか嘘のように
冷え切っていた。

一九八九年。

味はよくわからないんだけど。と、言いながら、友人は今日もスコッチをロックで注文する。

合板のカウンターに安いクロスと、合皮の張られたスツール。内装こそ安っぽいものの、卓が週三日アルバイトに通う小さなホテルのバーラウンジは、間接照明の彩りが上品な居心地のいい穴場だ。

まだ慣れない手つきでグラスに酒を注いでいると、カウンターの向こうから春城がもう酒でも入っているようなにやけ顔で言った。

「そんな怖い顔で他人様の酒を注ぐくらいなら、大人しく家に帰ったらいいのに」

「それは申し訳ありませんねお客様。スマイルが欲しかったらハンバーガー屋行けよ」

客がいないのを幸いに、むっと眉をひそめて乱暴にグラスを春城に差し出すと、にやけ顔はすぐに苦笑に変わった。

「ここに来る前に自宅寄ったけど、お前んちの子供部屋どっちも灯りついてなかったぞ。旭の奴、今日も午前様かな」

「夕べも帰ってきてないよ。母さんが作間さんちに電話したらしいけど、繋がらなくて……ったく、何やってんだか」

今年に入って増えたものが三つある。父の眉間の皺と母の溜息と、卓の愚痴だ。

エスカレーター式の学校に通っているため、高校生になっても旭の環境は変わらない。相変わらず作間という少年とつるみ、中学時代に見せていた不良の片鱗《へんりん》が、まるでほころびのようにじわじわとその姿を大きくしていくばかりだ。

授業をサボって友人らと喫茶店に入り浸る。他校生と揉めごとを起こす。朝まで帰ってこない。

リーゼントにするわけでもなければ、派手な喧嘩をするわけでもなく、家で暴れるわけでもないからいまいちピンとはこないのだが、もはや学校やご近所様から見れば、弟は立派な不良の仲間入りをしていた。

「まっさか旭がぐれるとはなあ。俺、あいつはいつまでも家でうじうじして、一緒にぐれる友達もできずにお前にべったりなままかと思ってたんだけど」

「馬鹿、そんなわけないだろ。だいたい、お前が言うほどぐれてもないし」

「ぐれてない、まだ大丈夫。とか言って現実から目をそむけてると、取り返しつかなくなるぞ」

痛いところをつかれて、卓はむっつり押し黙った。

拗ねた視線の先で、友人は静かにウィスキーの湖面を舌で舐める。かつて揃いの学ラン姿で肩を並べて登下校していた男が、いつの間にこんなものを飲むようになったのだろう。そして旭は、いつの間に一人で夜を過ごしたり、問題を起こしても卓に泣きつかなくなったのだろう。

春城の手にしたグラスの中で、少し前までぎちぎちに詰まっていた氷が溶けて浮いているのが見えた。

濃い琥珀《こはく》色が、水に薄められていく。

同じように、自分と旭の濃い関係も、時間に薄められていくような気がした。

「正直さ、あいつがぐれてるかどうか、僕はけっこうどうでもいいんだよな」

「……そうか？」

「ああ。どっちかっていうと、あいつの中で急速に僕の存在感が薄まっていくのが寂しいっていうか」

言わなきゃよかった。

そう思ったのは、眼下の春城の苦笑がやけに大人びて見えたからだ。

春城も旭も変わり行く中、自分ひとり、昔と変わらぬ子供のままのような不安に襲われる。

「なあ、前から聞きたかったんだけどさ、卓。お前、なんで急にバイト増やしたんだ？　しかも、わざわざこんな、深夜バイト」

卓が大学に入ってすぐに始めたアルバイトは、ビジネスホテルでの裏方のアルバイトだ。なんのことはない、父の会社の系列で、いずれ父の会社に入るならば現場の空気を吸っておけと言われてすすめられたにすぎなかった。

父の顔を汚さぬよう。かといってでしゃばらぬよう。鷹浜家の長男としては十二分な体面《ていめん》を保っているつもりだ。

就職先も決まっているようなもので、金にも困っていない。義理の父親からの信頼も厚いのなら、何を今更アルバイトなんて増やす必要があるのだ。

と周囲からもさんざん言われたが、その都度卓は適当な返事をして逃げてきた。

けれども春城は、その場しのぎの言い訳を聞きたいわけではなさそうだ。

だが、春城に何か答えるより先に、店に来客の鈴の音が響く。慌ててそちらの対応に向かいながら、卓は我知らず自身のうなじを撫でていた。

いつだったか。弟の指先を、そこに熱く感じたのは。

「いらっしゃいませ」

春城に向けたものとは違う、完璧な営業スマイルで客を迎え入れながら、卓はうなじに帯びた熱を、春城に見られているような気がした。

まるで、見られてはいけないものを見られているような落ち着かなさに、胸がざわめく。

半年前、一緒に映画を見に行って以来、旭とは数えるほどしか共に過ごしていない。

ともすれば四六時中べったりだった弟は、あの日から突然大人の顔をするようになったような気が、卓はしていた。

せっかく、大人の恋を扱った映画ではなく、ロボコップを見せてやったというのに、その程度の防波堤では、弟の成長を押しとどめることはできなかったのか。

最近旭は、卓の目を見ない。昔のようにいたずらを仕掛けてくることも、相手をしないからといって拗ねることもない。

きっともう、一生弟の指が自分のうなじを掠《かす》めることはないのだろうと、なぜかそんなことを思っては、卓は正体のはっきりしない黒い靄《もや》を胸の中に溜《た》めこむのだ。

「ねえ、ちょっと」

客は、二十代半ばのカップルだった。派手な格好をした女に話しかけられた卓が丁寧に応じると、女は眉をひそめてわけのわからないことを言い出した。

「この店も三パーセント、かかるの？」

「おい、やめろよ。恥ずかしいだろ」

「黙っててよ。消費税だとかなんとかいって、わけわかんない。だいたい三パーセントっていくらよ」

女は酔っているのだろう。そう思いこむことにした卓を前に、男のほうはしきりに恥ずかしそうに女を止めている。

今年四月、消費税とやらが導入され、会計のときに我に返ったようにぶちぶち言われることはよくあったが「この店も消費税を導入しているのか」とは初めて言われた。

あたりさわりなく女の不満をかわしながら、しかし卓は消費税の意味が理解できないらしい女の怒気が、他人事《ひとごと》のようには思えなかった。

自分も結局、新しい変化を受け入れられていないだけなのではないだろうか。所詮《しょせん》思い出でしかない過去の熱をうなじに感じ、ずっとその気配ばかり追っている。旭は目をあわせてくれなくなった。なんて言いながら、こちらから彼のあの、グレーの瞳を覗きこんだことがあっただろうか。

「ねえ、ちょっと、聞いてんの？」

「だから、やめろってば。すみません、あー、ジントニック二つお願いします」

「かしこまりました。すぐにお持ちいたします」

女の相手は男に任せ、卓は静かにカウンターの中に戻った。一人で飲んでいた春城の手元のグラスは、もう空っぽだ。

「悪い春城。つぎ、何にする」

「あとでいい。ややこしそうだし、早くあっちの客に酒持っていってやれよ」

悪いな、と言って卓はグラスを二つ取り出す。

テーブル席の二人は、まだ揉めている。よくもまあ、わずか三パーセントのことでもめられるものだ。と思っていると、カップルを振り返ることなく春城がささやいた。

「三パーセントかあ、でかいよな」

「え？」

「ほら、塵《ちり》も積もればっていうだろ。百円のものに三円税金つくんだぜ。千円だと三十円。一万円だと……」

「いや、そのくらいわかるよ」

「だから、でかいなって思ってさ。ほんのちょっとのズレが、積もるうちにでっかいズレになってんだろうな」

ほんのちょっとのズレ。

旭に感じていたわずかな変化。

ちりちりと、性懲《しょうこ》りもなくうなじに旭の指先の感触を思い出しながら、卓は自然と春城に本音をこぼしていた。

「さっきの話だけどさ。旭が帰ってこない夜、家で一人で過ごす時間が長すぎたから、夜バイト増やしたんだ」

初めて旭が夜遊びした日は、生きた心地がしなかった。まさか事件に巻き込まれたのでは、と思ったし、警察にも頼った。旭と連絡がとれるまで、母と寝ずに過ごした。

二度目のときはさすがに落ち着いたものだったが、三度、四度となると、今度は慣れてくる。しかし、今度こそ本当に何かあったのでは、という不安は、何度同じ夜を過ごしてもずっと心の片隅に積もっていった。

三円分ずつ慣れていき、三円分ずつ旭のいない時間が増えていく。

その、わずか三円の積もり積もった不安に耐え切れなくなり、卓は旭が帰ってこない家でまんじりともせず過ごすくらいなら、と、静かな夜の我が家から逃げ出したのだ。

「卓は、旭が可愛くて仕方ないんだなあ」

「そりゃあ、兄弟だからな」

出来上がったジントニックを盆に載せてカウンターを出ると、横をすり抜けざまに、独り言のような春城の声が耳に触れた。

「旭は、お前と本当に兄弟のつもりなのかね」

春城のこぼしたそのデリケートな一言は、不思議と卓のうなじに残る熱を煽るのだった。


深夜二時。

バーのアルバイトを終え、タクシーを利用して家につくと、門扉の前に人影がある。

恐る恐る近づくと、シルエットは二つ。そのうちの一人が、父であることに気づいて卓はほっと胸をなでおろした。しかし、もう一人の正体に気づいたとたん、すぐにまた不安がこみあげた。

「父さん、それに……作間くん、何してるんだ、こんな夜中に」

弾かれたようにこちらを向いた少年は、旭と同じ校章の学ランを着た作間だった。

数度挨拶をしたことのある顔は、鷹浜家の門扉の明かりに照らされ、青ざめている。その鼻に、こってりとついた血の色に、卓の顔色もすぐに青ざめた。

「卓、お前は部屋に戻ってろ」

「父さん、旭は？　何かあったのか？」

「商店街にできた駐車場で、他校生と喧嘩になったらしい。俺はちょっと警察に行ってくる」

それ以上の質問は許さないとでも言いたげな態度の父に、作間が色を失って取りすがった。

「ま、待てよ、だから警察は困るんだって！　相手の言うとおり、十万用意してくれたらすぐに解放してくれ……ぶっ！」

あまりに一瞬のことに、卓は何が起こったのか咄嗟にわからなかった。

父の平手が、他人様の家の子供の頬に打ち付けられ、夜の街に鋭い音が響き渡る。

今まで殴り合いでもしてきただろうに、作間は初めて人にぶたれたような顔をして友人の父親を見上げていた。

「卓、家に入ってろ！　夜中でもかまわん、作間さんちに電話して、この馬鹿引取りに来るように言え！　俺は警察に行ってくる」

「父さ……」

パジャマの上下に黒いカシミアコート。そんな格好のまま、父は卓が乗ってきたばかりのタクシーに手をあげた。その横顔は、まさに鬼瓦にふさわしい憤怒の形相だ。

「こんな馬鹿とつきあってんだ、旭の程度も知れてるな。他人に迷惑かけて遊びまわったあげくに、ついには十万円の人質か。あいつには、いい加減愛想がつきた」

「父さん！」

不穏な独り言とともにタクシーにもぐりこんだ父は、あっという間に卓の視界からいなくなる。

愛想がつきた。その言葉の意味をはかりかねる卓の背後で、作間は頬を押さえたまま気まずそうにじっと黙り込んでいた。

「作間くん、喧嘩したっていうけど、相手の人数は？　今もまだ、駐車場にいるのか？」

「四人……。今日、いつも一緒の先輩とかいなくて、俺と旭二人きりだったから、前に因縁つけた奴らに囲まれて……」

もごもごとした情けない口調に苛立ちながら、卓は父を乗せた車が去っていった方向を見やった。父のことだ、てきぱきと事情を説明して、現場まで警官とやってくるだろう。ならば少しは安全なはずだ。

そう自分に言い訳して、卓は母に作間を任せると商店街へと向かった。

夜はどこまでも深く、静かだ。いつも通る道に並ぶ家々が、知らない光景にさえ見えてくる。

そんな中たどり着いた新しい駐車場は、三人ほどの人影が談笑しているだけなのに、周囲の静けさの中では目立っていた。

乗用車が八台停《と》められるスペースに、車は三台。そのうちの一台のボンネットにはお菓子やジュースが広げられ、傍らには誰のものか、バイクが二台ほど、エンジンのかかった状態で停まっていた。

入り口近くのワゴン車の陰に隠れながら近寄ると、ちょうど旭の声が聞こえてきた。

「なあ、これ外せって。どうせ、誰も来やしねえよ」

思いのほか元気そうな声だ。

地面にうずくまっている小さな影が旭だろうか。となると、喧嘩相手は今のところ、ボンネットにもたれている少年二人だけということになる。

「来なかったらお前が困るだけなんだぜ旭」

若いのにしゃがれた声で喋る少年の陰から、白い煙がたちのぼっているのが見えた。

まだ高校生だろうに、タバコでも吸っているのか。

「けっ。見張り役やらされてるだけのくせに、偉そうに。だいたい、仮にうまいこと十万手に入ったって、お前ら先輩にとられるだけなんじゃねえの？」

うるせえ、と誰かが怒鳴ったが、旭にひるんだ様子はなかった。

どうやら、喧嘩相手の四人組のうち、先輩格の二人は流行りのカラオケボックスに遊びにいってしまったらしい。手下同然の後輩二人に、旭の身代金を手に入れたら持ってこいと言い捨てて。

「けっ、お前こそどうなんだよ。お袋たちが噂してたぜ、お前んちでっかい会社なんだろ。でも、血の繋がってない連れ子が会社継いで、お前なんか邪魔ものらしいじゃねえか。俺らの十万どころか、お前なんか財産ぜーんぶ兄貴に盗《と》られちまうんだろ、なっさけね」

ご近所の噂には感心してしまう。

くだらない上に、人の心をえぐる力はあるのだから。

しかし、あざけるような空気は、続く不良の言葉にさっと緊迫した色を帯びはじめた。

「なんだったら、俺らがお前の兄貴ぼこってやるから、報酬に十万とかどうだ？」

「お、シュンスケ頭よくね、それ？　殺し屋みたいでかっこいいじゃん」

どっと、駐車場に笑い声が響き、直後、何か重たいものがぶつかりあう鈍い音が笑い声を奪い去った。

「お、ぶっ！」

慌ててワゴン車の陰から飛び出すと、ちょうど不良の片割れの顔面に、旭の頭がめりこむところだった。

「旭！」

矢も盾もたまらず飛び出す目の前で、不良の体がアスファルトの上に倒れこんでもんどりうつ。

屈伸の反動だけで立ち上がったのだろう旭の体も、その不良の上に折り重なるように倒れこんだ。

「て、てめえ、何しやがんだ！」

「うるせえ！　卓に何かあったら、ただじゃおかねえからな！」

罵声一つ、すぐにまた旭の頭はふりこのように振られ、自由のきかない手の代わりに、一人の顎をとらえた。

骨と骨がぶつかりあうような鈍い音とともに、二人の体はアスファルトに倒れこむと、苦しげにもがきはじめる。

「旭、それ以上は駄目だ！　落ち着け！」

割って入ったものの、脳震盪《のうしんとう》でも起こしているのか、問題児二人は大人しいものだった。

だが頭は怖い。警察よりも、救急車を呼んだほうがいいのではないか。

青くなって、残る不良の一人を見やると、不良は我に返ったように顎をあげた。

「な、なんだよお前！　邪魔すんなよ！」

これは役に立ちそうにない。と捨ておくと、卓は無言で旭の腕の拘束をほどきはじめた。

制服のベルトがまきついているだけだが、ほどいたばかりの旭の手は、長らく血が滞っていたせいでひどく冷たい。

車酔いでもしたような表情で、肩で息をする弟の顔を覗き込むと、殴られたのだろう、腫れたまぶたやこめかみにできた傷が痛々しかった。

「旭、とりあえず帰るぞ。背中に乗りなさい」

「な、なんで卓……兄ちゃんが……」

卓を避けるように、旭はのそのそと立ち上がった。だが、めまいがしたのかすぐにふらついて地面に手をつく。

その手も今なお、しびれているはずだ。

弟の体を抱きとめようとしたとき、ふいに背後で空気が動いた。と同時に「うわあああ」という、迫力に欠ける声が響き、振り返ろうとした卓の頬に小さな衝撃が走った。

「つっ……」

「じ、邪魔すんなよ！　先輩呼ぶぞ、コラァ！」

呼ばずには頑張れないらしい情けない声は、ほったらかしにしていた不良のものだ。

しかし、拳《こぶし》の威力は、きっとさっき見た父の平手の威力の半分だってないだろうと感じる。

そして卓は、もう一発殴りかかってきた若者を避《よ》けると、その反動で不良の胸倉をしっかりととらえた。

「う、わっ、わっ！」

まさか優男《やさおとこ》の反撃を食らうと思っていなかったらしい、不良が目を瞬いてうろたえる。

そのまま、身長差を生かして不良がつま先だちになるまで襟をねじりあげると、首を圧迫された不良がぱくぱくと酸素をもとめて口を蠢かす。

「君、この子をおんぶするの、手伝って」

「は、ふえっ？」

ひときわ強く襟元をしめあげると、卓は不良をアスファルトに引き倒した。

年下相手に大人気《おとなげ》ない。という羞恥は、怪我《けが》をした旭の前ではすずめの涙ほども持ち合わせていない。

「早く！」

この静かな住宅街の中で一番うるさかったのは、喧嘩の声でもなければ、不良の世間話でもなく、自分の怒鳴り声だろうなと思うと、頭が痛かった。


「旭、大丈夫かー」

「……ぜんぜん。情けないとこ見られたし、こんな簡単におんぶされるし。プライドずたぼろ」

「そうか。ついでに体もずたぼろだぞ、お前」

何か、叱り飛ばしたい言葉が二、三あった気がするが、旭を背負って静かな商店街を歩いていると、どうでもいい気がしてきた。

もっとおんぶを嫌がるかと思ったが、本当に情けない姿を見られてへこんでしまったのか、いざ背負ってみると、旭は大人しいものだった。

熱い息が、ときおり卓のうなじを撫でる。

その感触に、胸がざわつくのがバレてしまいやしないだろうか。と、おんぶした卓のほうがはらはらするほどだ。

だが、同時に、気づけばすっかり大人になり、違う生き物のようになってしまったと思っていた旭を、まだおんぶしてやれることが嬉しくもあった。

この様子なら、まだお兄ちゃんぶっていられる。そんな気がするのだ。

「お前、外じゃ僕のこと卓って言ってるのか」

何気ない、世間話のつもりだった。

気まずい顔をして、いつもみたいに「うっせえ」だの「いいだろ別に」だの言って、そっぽを向いてくれると思って口にした話題は、しかし卓の背中に激しい他人の心音を伝えてきただけだった。

「旭？」

「……だって、兄ちゃんじゃねえもん」

ざらりと、言葉が卓のうなじを撫でる。

熱い吐息が、やけに冷たく感じた。

「兄ちゃんが本当に俺の兄ちゃんだったら、簡単に諦めついたのに、兄ちゃんは本当は兄ちゃんじゃないから、俺、どうやって自分の気持ち整理したらいいのかわかんね」

どうしてか、こんなときに春城の言葉が脳裏に蘇る。

あんな奴に酒を飲ませるんじゃなかった。妙なことばかり口走る。

そう悪態をつきたいのに、旭の言葉は、まるで春城の予言をなぞるように、核心に触れてくる。

「俺さあ、何やっても駄目なんだよ。兄ちゃんみたいにうまくやれない。ほんとはさ、早く大人になりたいだけなんだ。兄ちゃんは、いっつも優しくて、俺のこと守ってくれたから、俺も早く大人になって兄ちゃん守りたいだけなのに……俺何やってんだろうな」

叱ってやろうと思っていたのに、思いがけない嬉しい言葉に、卓の胸は空気も読まずにときめいた。

だが、五歳差を一足飛びに埋めようとしては失敗する旭の無力感は、卓の背中に乗る熱すぎる体温とともに、ひしひしと伝わってくる。

「馬鹿だなあ旭。三円分ずつでいいんだよ。成長なんて、ちょっとずつしかできないもんだ。何焦ってんだよ」

「三円？」

「ははは、こっちの話」

体をゆすって、旭をかつぎなおす。

すっかり重たくなった体。三円分、時間を重ねてきたのは体重だけではないはずだ。

「早く大人になりたくて、あがきすぎて不良になってんじゃ意味がないだろ。旭、お前の気持ちは嬉しいし、ちゃんと楽しみにしといてやるから、もっと足元見ろよ」

「……」

商店街の入り口までたどりつくと、シャッターの閉まった本屋があった。

いつだったか、この本屋に二人で入り浸った日が懐かしい。

「兄ちゃんと一緒にいたら、また甘えちまう。また兄ちゃんが俺を守ろうとする。だから、なるべく離れてたのに……」

「旭？」

「離れて頭冷やしたら、少しは兄ちゃんを、ちゃんと兄ちゃんだと思えるかもって期待してたけど、俺、やっぱ無理だ」

ぐっと、背中に感じる熱が増した。

これ以上、旭の言葉を聞き続けてはいけない気がするのに、どうしてか、卓の胸は期待に跳ねまわる。

「俺、ずーっと前から、卓のこと好きなまんまだ……」

答えを求めぬ旭の言葉はすぐに寝息に埋もれていき、抱える卓の腕に、旭の重みがいや増した。

商店街を抜けた先で、のろのろと徐行する車が追いかけてきた。不審に思って振り返ると、黒と白のツートンカラーがトレードマークのパトカーが、赤色灯もまわさずにこちらを見据えている。

思わず立ち止まると、パトカーも傍らで停車した。

「……」

後部座席から、むっつりと睨み顔の父が、卓を見上げていた。

心底呆れたという抗議の色は、旭ではなく卓を射貫いている。

背中で、弟の心音が破裂しそうなほど激しく鳴っていた。その音に、卓の心音も重なりはじめる。

この静かすぎる住宅街に、さぞや自分たちの拍動はうるさいことだろう。

ずっと卓が好きなまんま。

百円につき三円。ほんの、その程度の想いが、消費税が導入されるよりずっと前から、旭の中で降り積もっていたに違いない。

卓がずっと目をそらし、考えないようにしてきた小さなズレ。

その正体を、卓より先に、旭は気づいていたのだろう。

積もりつづけるこの感情が、兄弟愛ではなく、一人の人間としての愛情だと。
兄弟という名の世間体が、そろそろ積もり積もった慕情の重みに耐え切れなくなっている
ことに気づいていないのは、世界中で卓だけだったのかもしれない。

一九九〇年。

〈旭へ。元気そうでなにより。こっちはいつも通りです。僕も母さんも父さんも相変わらずだし、ついでに春城も相変わらず。父さんの機嫌だけが、最近ちょっと悪いかな。お前がいないから、寂しいんじゃないかと思う。お前は「そんなわけない」って笑うだろうけど。それにしても旭、写真たくさん撮ったからって、フィルム丸ごと送ってくるやつ初めて見たぞ。現像したけど、手ブレ写真ばかりじゃないか。でも、久しぶりにお前の元気そうな顔が何枚か見られてよかったよ。向こうの人たちの中にいると、お前の顔もけっこう和風に見えるもんだな……〉

つらつらと便箋に書いた自分の文面を見て、卓は溜息をつくとペンを放り投げた。

今年に入って何通目だろうか。

アメリカ、ブルックリン州宛てのエアメールを、卓は我が家のダイニングで用意していた。テーブル側の壁には、いつも通り「恐怖の大王」の絵。ソファーには、テレビを見る母。時計の針はもうすぐ十二時をまわろうとしているが、今までよりさらに帰宅が遅い日の増えた父の姿は、あたりまえのようにない。

同時に、旭の姿も。

父が「愛想がつきた」と言ったときから、ずっと不安は抱いていたのだが、まさかこんな形で旭と離れ離れになるなんて、想像もしていなかった。

喧嘩事件以降、反省していたり、またぞろ朝帰りをしたり、という不安定な姿を見せていた旭に、ある日父は決定済みのホームステイの資料をつきつけた。

春から一年間。留学という言葉は耳当たりがいいものの、体《てい》のよい厄介払いなのだろうと、卓はおろか、旭だって気づいていたに違いない。

それでも、思うところがあったのか、旭は遠いニューヨークに飛んでいってしまった。

息苦しい我が家よりも、ホームステイ先である、実母の親戚宅のほうが気楽だと思ったのか、父の暴挙に自棄《やけ》を起こしたのか。

……それとも、一度こぼした卓への告白に、背を向けたかったのか。

「ねえ、卓」

母の声に、卓は顔をあげた。

最近、いつニュースを見ても辛気臭い話題が多い気がする。

まるで自分の心の中のようだ、と思っている最中も、画面には日経平均株価の終値が二万円割れ、などという不穏なニュースが流れていた。

母の視線はそのニュースに向けられたままで、さっきの声は気のせいかと思うほどだ。

「ねえ、今呼んだよね、母さん？」

「ええ。あなた、どうなの。周りのみんな、もう就職決まってる頃よね？　あなたはこのまま、お父さんの会社でいいの？」

「そりゃあ、もちろん」

答えながら、尻のあたりがもぞもぞした。

今年大学四年生の卓の周辺は、このところ就職先の内定の話題で賑やかだ。お祝いと称して飲み会も増えたが、もとより父の会社の跡継ぎ、という名のコネ入社が決まっていた卓は、祝う側にまわる一方で出費が嵩《かさ》んでいる。

しかし、これからいよいよ社会に出ていくのだという期待と不安を仲間と共有できるのは心強かった。

にもかかわらず、母のいつもの無表情な横顔は、どこかさえない色を宿している。

「そうよねえ」

「ちょっと、母さん？　なんか、不穏なんだけど。大事な話があるなら、ちゃんとしてよ。なんでも先延ばしにするのは、母さんの悪い癖なんだから」

「あなたもでしょ。旭くんへの手紙、さっさと書いちゃったら。先月もらった手紙に、いつまで時間かけてるのよ」

むっとした卓の声に返ってくる、むっとした母の声。

話をはぐらかされた自覚はあったが、このままだとつまらない言い争いをしてしまいそうで、卓はレターセットをまとめると、無言で自室へと逃げ帰った。

もっとも、自室ではなおのこと、手紙の筆の進みは悪くなるのだが。

すっかり古くなった勉強机には、旭からの手紙が積み上げられている。

絵といいファッションといい、思いがけないところで旭はマメだ。手紙も彼がマメになるものの一つで、少なくとも月に三通は届く。

慣れない環境。街の様子。ホームステイ先の親戚について。英語が通じただの、通じなかっただの、指定の学校に日本人がけっこう多かっただの。最初こそ、アメリカでまでぐれられてはとりかえしがつかない、と青くなって毎日手紙を待ちわびていた卓だったが、幸い、そんな心配は杞憂《きゆう》だった。

皮肉なことに、父の暴挙は旭にはいい意味で働いたようだ。

言葉が通じないせいで、拗ねるより先に英語の勉強をしなければならず、忙殺されるうちに親戚にも馴染んでいったらしい旭の手紙は、日増しに明るい内容ばかりになっていった。

〈兄ちゃんへ。元気ですか。こっちは元気にやってます。ケリーがホッケーに連れていってくれました。ホッケー、兄ちゃん知ってる？　まじですごかった。俺、バスケットボールより好きかも〉

〈兄ちゃんへ。元気ですか。こっちはめちゃくちゃ元気。同じクラスのリサが、ベビーシッターのバイトするっていうから、みんなでついていったんだ。そしたら、双子の赤ちゃんでさ。すっごい可愛かった〉

〈兄ちゃんへ。兄ちゃん英語の成績よかったよな？　今度、英語で手紙かいてもいいか？〉

兄ちゃんへ。兄ちゃんへ。兄ちゃんへ。

家族宛の手紙に、いつも卓の分だけホッチキスにとめて、わけて入れられた便箋の中身は、羨ましいほどに楽しげだ。

日本にいるときと違って、旭の人生の登場人物もずいぶん増えた。行く場所も増えて、最近は友達に誘われたアルバイトが楽しかったとかなんとか。

バイト代入ったら、国際電話かけるね。

という手紙が来たその日のうちに、鷹浜家には非常識な時間に電話がかかってきたが、電話口に聞こえる久しぶりの旭の声は、本当に溌剌《はつらつ》として、元気そうだった。

机に向かい、再び返事の続きを書くべく、卓はペンを手にとる。

しかし、旭と違って代わり映えのない生活を送る卓には、型どおりの挨拶以上、とくに書くことは見つからない。いや、そもそも、この挨拶も、もうふさわしくないのではないだろうか。

卓は、体を傾けて、座ったまま壁にもたれかかった。

薄い壁一枚隔てた隣の部屋には、もう誰もいない。

手を伸ばし、目の前のカーテンを開けると、真っ暗な住宅街が広がっていた。隣家の友人は、まだ帰ってきた様子はない。

こっちはいつも通りです。なんて嘘だ。

いつも通りなのは卓だけ。旭も春城も、父も母も、みんな卓を置き去りにして、それぞれの生活を送っている。

卓はそっと、旭からの手紙にある「兄ちゃんへ」という文言をなぞった。

耳に、旭の声で蘇るその呼び名が、どうしてか煩《わずら》わしい。

家族宛の分厚い封筒の中に、「兄ちゃんへ」と書いた便箋の束がいつも入っている。宛名でさえ、意地でも旭は、「卓」と書かない。

あの夜のことはなんだったのだろうか。

去年の冬、旭をおぶって家路についたささやかな時間。

兄ちゃんは兄ちゃんじゃない。

そう言ったくせに、旭は今、手紙の中でしつこいほどに「兄ちゃん」と書き連ねている。

自分が意識しすぎているだけだろうか。

それとも、意識しているのは旭だろうか。

その夜も、卓の手紙は書き進められることはなかった。

「羨ましいなあ、そっちはみんな就活終わってんのか。俺なんかこれからだぞ」

「お前は今年三年だもんな。態度のでかさはもう四年生だけど。国家一種受けるんだろ？　バーでのんびりしてていいのかよ」

今日も、卓のアルバイト先のバーに来た春城はスコッチを注文した。最近はもう、味がわからないなんて言い出さない。ただ、飲む量だけが少し増えた。

すっかり着慣れた制服に身を包み、卓はグラスを磨きながら友人の話題に耳を傾ける。

「息抜きは必要だろぉ。卓も受ければよかったのに、公務員試験。お前ってやればできるほうなのに、けっこう安全パイで生きてるよな」

友人の今更な言葉に、卓はむっと眉をひそめてうなずいた。

エスカレーター式の学校を出て、父の出身大学に進学。そのまま、父の会社へ入り込もうというのだから、他人にはよく「楽な人生で羨ましい」なんて言われてきたが、そんなに流されているだけの人生に見えるのだろうか。

これでも必死だったのだ。歪《いびつ》な家族のパーツをどう繋げ続けるか。誰に強制されたわけでもないが、卓はいつも、家族全員の顔色をうかがい、自ら緩衝材になっていたところがある。

「自分なりに家族の調和を大事にしてたつもりなんだけど、最近ちょっとむなしいかな」

「お。旭がいなくなって余裕ができたから、遅ればせの反抗期が来たか？」

何が楽しいのか、春城はにやにやと笑っている。

最近、春城はやけに機嫌がいい。まるで、手紙の中の旭のようだ。

みんな楽しそうで、暗い気分でいる自分だけがおかしいのかと不安になる。

「そうかもしれない。反抗期っていうか……」

「依存相手がいなくなって、どうしていいかわからない？」

どきりとして、卓は笑みを引っ込めて春城を見下ろした。

さすがの春城も、にやけた笑みを収めて「悪い」と呟いた。謝らせるほど、ひどい顔をしていたのだろうか。

「依存してたかな、僕、あいつに」

「いや、どうだろう。すごく大事にしてたとは思うぞ」

「だって、兄弟なんだから。……そりゃあまあ、血は繋がってないけど」

「それでもいいお兄ちゃんしようと努力したのは偉いだろ。あいつも懐いてたし」

春城の言葉は嬉しいのに、なぜか、久しぶりにうなじがちりちりと痛んだ。

——ずーっと前から、卓のこと好きなまんまだ。

いつから、旭は卓を兄として見ていなかったのだろう。

あの、コートを試着させてくれたときから？　それとももっと前？

「でもまあ、手紙じゃ旭は元気なんだろ。楽しくやってるならいいじゃないか。お前もそろそろ、お前自身の楽しみ見つけるいい機会じゃん。心配してたんだぜ、このまま弟べったりじゃ、恋人も作れないんじゃないかってさ」

恋人という言葉に、胸がどきりと弾んだ。

旭のいう「好き」とはなんだろうか。恋人になりたい「好き」なのだろうか。

結局何もわからないまま、卓は一度も旭の本音と向き合わず、彼をアメリカに送り出してしまった。

「お前、好みのタイプとかいないわけ？」

「……」

酔っているのか、春城はいつも以上に饒舌《じょうぜつ》だ。

余計な質問は、余計なことまで思い出させてくれる。

白い肌と、茶色い髪。いろんな色彩が映りこむ、グレーの瞳。

「旭かな」

酔っているのは、春城ではなく自分なのかもしれないと、口に出してから卓は気づいた。

酒は飲んでいないが、きっと、連日旭のいない日々に酔いつぶれそうになっている。

すぐに何か言い足して、冗談にしてしまえばいいのに、特になんの言葉も思いつかないまま、卓はじっと春城を見下ろした。

旭とは正反対の公家顔《くげがお》が、わずかに青ざめた表情で卓を見上げている。

「旭？　好みのタイプが？」

「……ごめん、変なこと言ったな。お前が来る前に、ちょっと飲んでたんだ」

飲んでもいない酒を言い訳にした卓の視界で、春城の酒のグラスが鈍く光った。

じわじわと、今更のように後悔が押し寄せる。

旭が離れていってこんなに孤独なのに、この上友人まで失うかもしれないようなことを口走ってしまった。

もう春城の顔さえまともに見られない心地なのに、相変わらず、好みのタイプという話題を引きずって脳裏に浮かぶのは、旭の姿ばかりだ。

依存していた。というのは、少し違う。

きっと、依存したかったのだ。あの新しい家族の形に怯えて、なんとか家族の一員になろうと、旭に甘えていたのだ。

お兄ちゃんぶっていれば、いつだって家族らしい体面は保てる。

そんな弱い卓を、旭は弟ぶることで、いつも受け止めてくれていたのだ。

何年も一緒にいたのに、今はじめて、卓は自分があんなに旭に構っていた自分の本音を自覚した。

旭がいなければ、自分が自分ではいられないほどに、ずっと旭に甘えていたなんて。

「じゃあ、寂しいな」

グラスを、いくつ磨き終えた頃だろう。

どっと、店の片隅にいたカップルからあがった笑い声にまぎれるようにして、春城がささやいた。

相変わらず友人と目をあわせる勇気のないまま、卓はじっと耳をそばだてた。

「お前と一緒じゃなくても、人生楽しそうな手紙見せられたら、寂しいわな」

何かが胸に詰まった。

熱い塊は、まるで旭の体温が集まったように重たい。油断すれば、その熱に負けて、泣き出してしまいそうだ。

そうだ、寂しい。

旭のいない生活も、自分のいないところで、旭の人生が続いていることも。

「お兄ちゃんぶってれば傍《そば》にいられた時代は、とっくの昔に終わってたんだなあ」

しみじみと呟くと、春城が「馬鹿だなーぐれてるときに気づけよ」といって、懐かしい苦笑いを浮かべてくれた。


複雑な家庭事情があれど、父母は優しくしっかりもので、金銭面でも、将来性でも、卓は自分が恵まれて育ってきたことをよく理解していた。

だからこそ、その恩恵に波風を立てないように、静かに生きてきたのだ。

ときおり水面に波紋を描く旭の波に揺られながら。

だが、その静かな湖から、旭は先に抜け出してしまった。見知らぬブルックリンの海はさぞや彩り豊かで漣《さざなみ》だっているのだろう。

その波に揺られ、旭はきっと、卓の知らないところでまた成長していくに違いない。

再び会えたときに、旭に「やっぱりまだ好きだ」と思ってもらえる人間に、自分はなれるだろうか。

深夜、自宅に向かうタクシーに揺られながら、卓はぼんやりとそんなことを考えていた。

こんなことを落ち着いて考えるのは、初めてのことだった。

妙に気持ちが浮ついていて、足取りが軽い。

鼻歌でも歌いだしそうな気分で自宅に到着し、鍵を開けると、二階にまだ灯りがあることに気づいた。庭に車はなかったから、父はまだ帰っていないはずだが、母が起きているのだろうか。

ダイニングに顔を出すと、案の定母の横顔が、いつものようにニュースを眺めていた。

深夜の経済ニュースは、いつもながらなんとも不穏な話題が多い。

「ただいま母さん。まだ、起きてたの？」

玄関の開閉音に気づいていていなかったらしい。母は、驚いたように顔をあげると、まじまじと卓を見つめてきた。

「あら、お帰りなさい。今日も旭くんからの手紙、届いてるわよ」

「本当に？」

「……やけに、機嫌がいいわね。まあ、暗いよりずっといいけど」

ささいな返事にさえ、今までと違う明るさがあったらしく、母の指摘に卓は思わず赤面した。

存外、自分は単純なようだ。

しかし、明るい息子の様子にも、母の顔色はさえなかった。

「ねえ卓、ご機嫌のところ悪いんだけど……」

おずおずとした物言いは、母らしくない。

その様子に、浮き立っていた心が沈みはしたものの、しかし卓はいつものように苛立ちはしなかった。むしろ、最近の落ち込み気味の自分が、母にとって話しかけにくい相手だったのでは、と気づかされる。

「どうしたの？　最近、ずっと何か言おうとしてたよな。言う気になってくれたのなら、僕は嬉しいよ。なんでも言って」

言ってから、卓はこんな穏やかな物言いができたのは、いつ以来だろうかと自分で驚いた。

旭がいなくなってから、本当に自分はどうかしていたようだ。

しかし、青ざめたまま母の発した言葉は、そうやってようやく自分が見えてきた卓の鷹揚な気持ちを揺さぶるようなものだった。

「私、お父さんと離婚しようと思うのよ」

壁にかけられた恐怖の大王が、じっと、黙り込んだ母子を見つめていた。

一九九一年。

「入国審査で日本語で喋《しゃべ》っても、空港でソバを食っても、ちっとも日本だって気がしなかったのに、兄ちゃんのその黒髪とごはんみたいな白い肌を見ると、ああ、日本だなあって思うなあ」

「なんだそれは。金髪碧眼《へきがん》のおっぱいでかい女の子見たら、またすぐアメリカにいる気分になれるのか？」

「意外と金髪の人って少ないよ。染めてる人、いっぱいいる」

向こうの学校にいるときのほうが成績がいいから。

などと理由づけて、父は今年も旭《あさひ》を海外に追いやったままだ。しかし卓《すぐる》は、今年ばかりは旭の呑気《のんき》な海外生活がうらやましかった。

梅雨のある日。一年ぶりに再会した弟との最初の逢瀬は地元のファミリーレストラン。出入り口近くに座って、取り出したタバコをふって見せると、一瞬旭は目を瞠《みは》ったが、すぐに同意のためうなずいてくれた。

あんなに白かった旭の肌は日に焼け、身長は性懲《しょうこ》りもなくまた伸びたようだ。それどころか、上半身の厚みが増えて、なんだかたくましい。旭のくせに生意気だとさえ思ってしまう。

茶色の髪とグレーの瞳だけは昔とかわらず卓に懐かしい愛《いと》しさを思い出させてくれるが、

その頬《ほお》からそばかすは消え去り、少し間延びした顔は分別ある大人のラインになっていた。

「スーツ姿に車にタバコ。兄ちゃん、一年会わない間におっさんみたいになったな」

「それが、雨の中、空港からここまで送ってやった兄に対する物言いか」

呆《あき》れて苦笑を浮かべながら、卓はタバコに火をつけた。

日に一本吸うか吸わないかのタバコの煙は、久しぶりに旭に会う緊張を覆い隠す役にはたってくれている。

今空港。二時間後の飛行機で日本に向かうから。

そんな国際電話が鷹浜《たかはま》家にかかってきたのは、昨日のことだった。

旭の帰国は突然で、そして留学以来初めてのことだ。

「だってびっくりするじゃん。一年ぶりに日本に帰ったら、兄ちゃんが新車で迎えにくるとか。かっこよかったぜ」

「ありがとう。大学時代のバイト代が全部消えたよ」

「バイトっていえば、兄ちゃん、バイトしてた親父《おやじ》のホテルにそのまま就職したんだろ？だったら、親父のホテルに泊まればよかったかな」

「ああ、営業だからフロントにはいないけど。っていうか、なんで実家に帰ってきたくせにホテルに泊まるんだよ」

笑いながら、卓はレストランのメニューをめくる弟を観察した。

旭を「好みのタイプ」と言ってから一年と少し。好きという自覚は残酷なもので、日、一日と卓にとって旭は弟ではないものに変わっていた。

兄弟の記憶のささやかなときめきが蘇《よみがえ》り、いもしない旭のことを思い羞恥《しゅうち》や思慕が膨らんだ。そして、うなじの熱と、かつての旭の告白が、しみじみと体中に蘇る。

春城《はるき》の言うとおり、自分がいないのに楽しそうにしている旭からの手紙は卓の中の孤独感を募らせるばかりで、ここ最近は封も開けていなかった。

二十歳《はたち》を過ぎて、こんなにも恋に翻弄《ほんろう》されているなんて、恥ずかしくて誰にもいえない。

その旭が帰ってくるとなれば不安もひとしおだったのだが、空港のざるソバでは腹が膨れなかったからといってファミリーレストランでミックスグリルを注文する旭の雰囲気は、容姿こそ成長しているが昔のままだ。

おかげでこうして普通に接することができているが、少し物足りない気もする。

「帰ってきてくれて嬉《うれ》しいけど、急だな。向こうで何かあったのか?」

「あったあった。母さんと兄ちゃんに知らせたいって思ったらいてもたってもいられなくてさ」

「へえ。いい話っぽいな、楽しみだ」

父さんには知らせたくないのか。と言いかけて、卓はやめた。

愛想をつかせて息子を海外に放逐するような男にもっと気をつかえ、というのも酷に思えたし、卓自身、父を「父」と呼ぶ最後の日までのカウントダウンが始まっている。

離婚届はもうじき出すわ。と言って、来週の引っ越し準備にとりかかっている母は、結局今に至るまで離婚理由を教えてくれはしないし、そしてあのよくわからない温度の低い夫婦は、喧嘩《けんか》する姿さえ卓の前で見せていない。

ダイニングの「恐怖の大王」だけは自分が持っていきたいと言った父の、寂しそうな横顔を悪《あ》しざまに言う気にもなれず、父と弟の心の距離が少し悲しかった。

「楽しみとか言いながら、兄ちゃん元気ないな。……その、母さんのこととか、大丈夫か？」

思わず、タバコを取り落としそうになった。

見ると、旭の表情は本当に心配げで、そのまま「何か困ってるなら言えよ」とでも言い出しかねない包容力がある。

「……大人になったなあ、旭。昔はいつも、優しいくせに『心配なんかしてないし』とか意地っ張りなこと言って顔真っ赤にしてたのに」

「ばっ、そ、そんな古い話どうでもいいだろ！　ったく、なんだよ兄ちゃんの馬鹿」

煙にかすむ視界の中で、旭は唇を尖《とが》らせて立ち上がる。その表情があまりにも懐かしくて心は和んだが、直後に「トイレ行ってくる」と拗《す》ねた口調で言われ、流されるなよ、と冗談で返す卓の声音は乾いていた。

本当にささいな、あたりまえの気遣いが、一年分の二人の距離を感じさせる。

知らない場所で知らない生き物にかわりつつある旭の背中を見送り、タバコを深く吸いつけた。

二人の離婚の意志が固いと知って吸い始めた、父と同じ銘柄のタバコの香りは、いつでも卓に憂鬱《ゆううつ》な記憶を蘇らせてくれる。

大学時代のアルバイト。いずれ父の会社に入るのだからといって、本社経営のホテルの裏方で働きそのままそこに入社したが、父母の離婚と同じく、こちらもそろそろ縁が切れそうだと、旭に言う気はない。語る言葉も持ち合わせていないし、正直実感もまだ湧いていなかった。

相変わらずの鬼瓦《おにがわら》顔は、最近すっかり老け込んだ。

灰皿に溢《あふ》れるほどの吸い殻が詰まった社長室で、その鬼瓦は卓に知り合いの会社社長を紹介してくれた。こんなことになって跡を継がせてやれるかわからないから、うちにいても肩身が狭いだろう、という言葉とともに。

正直傷ついた。

別に、跡を継げるからという理由だけでほいほい入社したわけではない。新人研修だって、意欲的にやっていたのに、わずか半年ですべて水泡に帰そうとしているなんて。

「あーあ。早く一九九九年にならないかな。本当に恐怖の大王とやらが降ってくるのなら」

窓越しの雨だれに煙を吐き出しながら、卓はぽつりとそんな愚痴《ぐち》をこぼした。

懐かしいフレーズだ。かつて世界の終末を願った旭は、今ニューヨークで元気に過ごしていて、それをたしなめていた卓が子供のような駄々を捏《こ》ねている。

ふと、気配を感じて振り返ると、ハンカチで手を拭くポーズのまま、旭がじっとこちらを見下ろしていた。

「ああ、お帰り。迷子にならなかったか」

「なるわけないだろ」

せっかくこの愛しい男に会えたのだ。今日くらいは暗雲立ち込める自分の人生のことは忘れよう。そう考えなおし、卓はタバコを灰皿に押しつけた。

ミックスグリルと、卓のサンドイッチがやってきた。ハンバーグはこっちが美味《おい》しい、ソーセージは向こうが美味しい。などと言いながらニューヨークでの生活を話してくれる旭の話題の引き出しには驚かされる。昔は卓の知っている話題しかなかったのに。

最初こそ「兄ちゃん」という言葉の響きに、懐かしさと同時に「卓」ではないことへの寂しさも抱いていたが、あまりに賑《にぎ》やかなアメリカでの体験談に、食事を終える頃には引き込まれ、気づけば卓は久しぶりに自分がよく笑っていることに気づいた。

その笑顔にほっとした様子で、旭はウェイトレスが皿を下げにくるのを待って、少しあらたまった様子で一冊の雑誌を取り出す。

「よっし。腹ごなしもしたし、こっから本題だぜ兄ちゃん」

「ははは、なんだなんだ。お前のその体験談をどこかに投稿したら採用されたとかか？」

冗談で応じる卓の眼下に、旭が雑誌を広げてみせてくれた。

安っぽい誌面に連なる英字の記事内容はぱっと見ただけではわからない。しかし、その下部に二つ、広告だろう写真がある。一つは牛のイラストもあざやかな精肉店の宣伝。もう一つは、ドッグフードの宣伝。

完全に犬が主役のその宣伝の中、犬を抱いた男の顔は商品名の太字に重なって粗末な扱いになっているが、その横顔は間違いなく、七歳の頃から見守ってきた弟のそれだった。

「旭、これ……」

「じ、実はさ……今、友達と一緒にモデル事務所登録してんだ。そんな、規模のでかいとこじゃねえけど」

「モデルっ？」

「そ。バイトで知り合った奴がそこの俳優部門にいてさ。なかなか芽が出ないのに、それでも頑張って続けてるの見てたら、俺もなんかチャレンジしたくなってきて」

まるで軽い気持ちで始めたかのような口ぶりだが、そのグレーの瞳は輝いていた。

そろそろ丸一年。遊びよりレッスンのためにバイトを続けているという旭の話は、ようやく秘密事を打ち明けることのできる喜びと興奮に満ちていた。

「やるからにはさ、絶対なんか仕事とってから、それから報告しようと思ってたんだよ。仕事とれる前から、ぜんぜん身にならないって愚痴りたくなったらやばいじゃん？　だから、この雑誌出たときは、郵送なんて待ってられなくてこうして帰ってきちゃったわけ。あ、でも、いざ見せてみるとほんとしょぼいな……だってほら、初めて使ってもらえたから見てほしくて……」

見てほしくて、と言うころには、旭の語尾は消え入るようになっていた。

大小問わず、モデルとしていろんなチャンスに挑んでは落ち続けたという旭の、ついに勝ち得た初仕事。

あまりの興奮に日本に飛んできたものの、少し落ち着いた今となっては、騒ぐほどの出来ではないような不安に襲われたらしい。

「しょぼいとか言うなよ。お前、すごいじゃないか……」

やったな。とかなんとか、もっと笑顔で言ってやりたいのに、卓はそれができなかった。

感動が、いつもの不安など押しのけて次から次に湧いてくる。

小学生の頃、旭は背ばかり高くてひょろひょろだった。棒切れみたいな手足と大きな頭のアンバランスさが、触れれば壊れてしまいそうで怖かった。中学時代、いつもグレーの瞳には不満や孤独感がうずまいていて、そのくせ、卓が受験の頃は、毎晩はちみつレモンを持ってきてくれた。多少ぐれた高校時代ははらはらさせられたが、背負った体の重みも熱も、そしてその口からこぼれた懊悩《おうのう》も覚えている。

ずっと見守ってきた旭が、自分の意志で一つのことに挑み、結果を残した証明は、読めない英字記事のかたすみで、眩《まぶ》しいほどに輝いていた。

「な、なんだよ、泣くことないじゃんっ」

焦ったような旭の声音に、卓は驚いて顔をあげた。頬は乾いていたが、まぶたをこするとたしかに滲《にじ》んだ涙でまつげが濡《ぬ》れている。

「いや、だってお前……なあ、これもらっていいのか？　余分に何冊か、持ってきてないのか？」

「もちろん。もらってよ。でも、そんなに何冊も持ってくるとか恥ずかしいじゃん……向こうの、家庭菜園雑誌だし……」

「馬鹿、なんで十冊くらい持ってこないんだ！　家族全員最低二冊ずつはいるし、春城にもやる！」

「春城はやめろよ。俺恥ずかしいし、兄ちゃんどんだけ弟馬鹿なんだって思われるし、春城も困んだろ……」

「すごいな旭、春城のことちびって言わなくなったんだな。成長したな」

もう、嬉しすぎて何がなんだかわからず、ついどうでもいいことまで興奮気味に応じながら、卓は飽きもせずに小さな広告を眺めていた。

額に入れよう。アルバムにも貼ろう。色あせないように、フィルム保護もしたい。

「なあ旭、お前かっこいいな。一人でアメリカなんていて、ふてくされもせずに自分で自分の舞台つかめるなんて」

「……」

照れるかと思った旭は、ふと唇を閉ざして複雑な表情を見せた。

負の感情は見当たらないが、グレーの瞳は柔らかな感情に揺れている。

「兄ちゃんが言ったんだろ。一人で縮こまってなくても、好きになんにでもなればいいし、なんにでもなれるって」

目を瞠り、卓は旭を見つめた。

「ああ、言ったなあ……」

ざらつく雑誌の誌面を指で撫《な》でながら、卓は心の底から思った。

旭がこんなに頑張っているのだから、恐怖の大王なんて一生降ってこなくていい、と。


ファミレスを出ると、雨足が強まっていた。車のもとに行くまでに相当濡れてしまいそうだ。自分は濡れてもいいが、例の雑誌は濡らしたくない。

ぼんやりと灰色の空を見上げていると、ふいに隣に立った旭が、卓の手を握ってきた。

「なあ兄ちゃん、覚えてるか?」

何が？　と言いかけて、卓は指先から伝わる熱に記憶の海がさざなみだったのを感じて唇を閉ざした。わけもなく、ただじっと空を見つめ続ける。

握られているのは手なのに、その指先が、自分のうなじに触れている気がした。

「俺……」

「覚えてるよ」

答えながら、卓は雑誌の入った袋を胸に抱きしめる。

手を握ってくれている旭の指先が、緊張に震えていた。けれどもきっと同じくらい、卓も緊張している。

「母さんたちが離婚したら……俺、兄ちゃんのこと卓って呼んでいいんだよな」

雨音に、旭の声がまぎれ、震えて聞こえる。

旭がいなくて寂しかった。けれども、旭もまた、卓がいなくて寂しかったのだと、今の一言で確信して、卓はゆっくりと旭の横顔に顔を向けた。

ずっと、人の顔色をうかがうばかりの人生だった。真面目《まじめ》で、非行はおろか、反抗期さえろくにないまま、保守的に生きてきた卓にとって、今自分の胸にうずまく言葉を伝えることは、恐怖さえ孕《はら》むほどの冒険だ。

けれども、旭の初仕事が載る雑誌を胸に抱えていると、清水《きよみず》の舞台からでもどこからでも飛び降りることができる気がして、卓は唇を開いた。

「今からでも、そう呼んでくれないか？」

「……」

「僕も、ずーっと前から、お前のこと好きなまんまだから」

すっかり大人《おとな》びてしまった旭の、いつも可愛げのないことばかり言っていた唇が震えた。

旭の手に力が込められたかと思うと、そのままレストランの入り口の脇にあった植木の陰に引き寄せられ、強く腰を抱かれた。

うなじに触れた指先の、あのささいな感触なんて、もう目ではなかった。

「っ……」

片手で頬を包み込まれ、嚙《か》みつくようにキスをされる。

どこでそんなキス覚えたんだよ。そう言って頬をつねってやりたいほど貪欲《どんよく》に、重ねた唇の隙間《すきま》から旭の舌は侵入してきて卓の口腔《こうこう》を舐《な》めあげた。

粘膜の触れ合いが、こんなにむずがゆく、心地がいいものだなんて。

ぞくりと体の中で欲望が目を覚ます感覚に、卓は甘えるように旭の胸にすがった。指先から、弾力のある胸筋の感触が伝わってくる。

若くしなやかな体が、胸を這《は》う指先の感触さえ心地いいのか、いっそう卓の頭を抱え込むようにして口づけを深めていく。

歯も鼻も、何度もぶつかった。

けれども、どちらとも笑うこともなければ離れることもない。キス一つで、これまでの二人の関係が終わってしまったことをまざまざと感じさせられ、それなのに寂しさよりも興奮が勝っていたのだ。

庇《ひさし》のない場所で、火照《ほて》る二人を雨が優しく宥《なだ》めてくれる。

「ん、ふっ……旭、これ以上は……」

押しとどめるように、胸に置いた手に力を込めると、僅《わず》かに唇を離しただけの至近距離で、旭がグレーの瞳で見据えてきた。

「兄ちゃん……アメリカ、来ねぇ？」

「アメリカ……？」

「世界、滅びろなんて言わずにさ……そんなこと思うくらいなら、俺と一緒にアメリカで暮らさね？　考えなしだと思うだろうけど、兄ちゃんならどこでもうまくやってける」

聞かれていたのか、と恥羞が襲うが、そんな卓の耳に、キスの余韻の残る掠《かす》れ声が優しく流れ込んでくる。

荒唐無稽な話のようにも思えたが、できないと決めつけるのも、旭の生きざまを見ているとバカバカしく思えてくる。

「……卓って、呼んでくれなきゃ聞いてやらない」

片手で、雨に濡らすまいとぎゅっと雑誌の袋を抱きしめながら何より大事なことを伝えると、再び卓の唇は荒々しく弟だった男に奪われるのだった。


急きょ帰国した旭の予定は実に無計画で、明後日にはアメリカに戻るらしい。

久しぶりに母と三人での夕食となったが、示し合わせたように、誰も離婚の話は持ち出さなかった。父からは、今夜は帰れないとの連絡があり、腹いせのように母は父のへそくりで三人分の特上寿司を注文した。

そんな楽しい時間は久しぶりで、そして旭との距離が縮まったことが幸せで、翌朝の卓は少し浮かれていた。何しろ、父から紹介された会社に面談に行った帰り道で、区役所を見かけたからといって、戸籍謄本《とうほん》を取りに立ち寄ってみるほどなのだから、自分でも無自覚のうちに、旭からのアメリカへの誘いが嬉しかったようだ。

実際アメリカで暮らすかどうかはともかく、旭がこんなにすぐに戻ってしまうのならば、近いうちにこちらからアメリカに旅行にでも行きたい。

今日は役所に来るにはあつらえ向きの日で、身分証明書どころか、面談先に言われたため印鑑まで所持している。さして混んでいる様子もないからと、卓はすぐに戸籍謄本を取ってしまった。

思い立ったら吉日。というよりも、明日朝にはもう出立してしまう旭のために、パスポートを取る意思くらい見せて安心させてやりたかったのだ。

きっと、昨日のあの告白は、とても勇気がいっただろうから。

しかし十五分後。卓の顔からは、あの浮かれた明るさも、旭を思ってはにかむ色も失《うしな》われ、梅雨空にふさわしい重たげな色がその瞳に宿っていた。


今日も、社長室の吸い殻入れは満杯だった。

その吸い殻の本数分、卓の体中を、不満だの心配だの怒りだの憂いだの、さまざまな感情がいっしょくたになってうずまいている。

応接セットの正面で、父はいつもの鬼瓦顔でソファーに沈み込んでいる。卓も、ここにくればいつもは社員顔をしたものの、今回ばかりは我が家にいるかのように、だらしなく腰掛けていた。

「なんで、旭のこと、うちの戸籍に入れてなかったの」

「あの女が嫌がったんだ。育てることはできないが、縁も切りたくないという。それで揉《も》めていたらうちに直接連れてきて、置いて帰ってそのままだ」

鷹浜家の戸籍謄本に、旭の名前はなかった。

ただ、父が旭を認知した記載があるだけ。

とうの昔に養子縁組を終えている卓の名前が連なる戸籍謄本は、まるで三人家族のような書類で、それを見て初めて、卓は父が旭をアメリカに追いやった理由が他にあるような気がしたのだ。

暴挙だと思っていた。旭に冷たすぎるとも思っていた。

しかし、本当にそれだけの男が、あの「恐怖の大王」の絵を、俺が持っていきたいなどと言うだろうか。

そのことに思い至り、卓はふと思ったのだ。

離婚して、母と卓は鷹浜の家を出る予定だ。だが、あの絵を「持っていきたい」という父は、どこに行くというのだろう。鷹浜の家は、父の家だというのに。

「それだけ？　それだけの理由で、今まで日本で生活してる旭の籍を、ほったらかしにしてたのか？　育てられなくなったら、またアメリカに突き返そうとか思ってたわけ？」

「卓、俺は旭が可愛い」

興奮しかけた卓の耳に、父の言葉が重たく響いた。

「お前より可愛いと思う日が来るんじゃないかと思うと、怖かったんだ」

「……」

「お前のせいじゃない。親族にだって旭をうちに入れるのは反対されたし、母さんの親族も、今すぐ離婚しろと言い出すくらい反対はしてた。結局俺は、美味しいとこだけつまんで、事務処理からは目を瞑《つぶ》って今までやってきたんだ」

父親だろう。といって責めたい気持ちを、今まで卓を長男として大事に扱ってきてくれた歴史が邪魔をする。

厳しい人だが、愚痴をこぼさない人だった。うなるような叱《しか》り方はいかにも恐ろしげだが、理不尽なことを言う人ではなかった。

だから、旭をアメリカに追いやったことだけが、父らしからぬことなのだ。

「父さん、旭をいつまでアメリカに置いておくつもりだ？」

「……卓、面談はどうだった」

「……」

攻めあぐねて、卓は溜息《ためいき》を吐《つ》くと場もわきまえずにタバコを取り出した。

火をつけて、深く吸いつける。

もし自分が赤の他人なら、もしかしたら父はその心中を打ち明けてくれていたかもしれない。きっと卓が息子だから、子供扱いをして余計なことを言うまいとしているのだ。

それがわかるからこそ、なおのこと父が何か大きな隠し事をしているのだと感じ苛立《いらだ》つ卓をしばらく見つめていた父は、ふいに身を乗り出すと、テーブルに手をついた。

「おい、一本くれ」

素直に差し出すと、父もタバコに火をつける。

二人分の煙が社長室に充満し、ゆっくり一つに溶け合っていった。

「なあ、父さん。鷹浜家の長男でいられるのもあと少しだ。今のうちに、うちのことは、ちゃんと全部知っておきたいんだ。頼むよ……」

「悪かった」

ぽつりと漏《も》らすと、父は煙とともに「倒産するんだ」と苦渋の言葉を吐きだした。

急に経済に暗雲が立ち込めていることはわかっているが、それだって遠い世界の話で、日々ある事件のように、大勢の人は無縁のことだと思っていた。

予想していたどの言葉よりも重たい現実に、卓は目を瞠るほかない。

「本社も子会社も、運悪く偶然ポカやらかしてな。去年なんとか踏ん張ってみたが、一度穴の空いた船底はどうしようもねえ。今、余所《よそ》の業種は独立させたり、従業員の雇用確保でばたついててな。肝心のホテル業だけひとまとめにして、そっちも別会社作って買い取らせる予定なんだ」

「買い取らせる?」

「ああ、母さんが買ってくれるとよ。今、新しい会社の定款《ていかん》作ってる最中だ。代表取締役に、母さんの名前が載るんだぜ。なかなか格好いいだろう」

社長室に、卓の深い溜息が漂った。

「まさか、離婚って……」

「本社にはいらないもんだけ遺《のこ》して、あとは潰《つぶ》すだけだ。次の株主総会までには、お前らに迷惑がかからない形にしておきたい。もちろん、旭にも」

「迷惑って、何。ヤクザでも来るっていうのか？」

「不動産業のほうが一杯食わされてな。いまどき総会屋なんて流行《はや》らねえのに、居座られちゃしょうがない。おかげで、銀行の融資担当者もつれないもんだ。倒産したらうちの家も競売にかかるんだろうが、もう連中の間で値段も決まってるだろう」

不謹慎だが冗談のつもりだった。

しかし当たり前のように最悪の事態を肯定され、卓は生唾《なまつば》を飲み込んだ。

「旭をアメリカに行かせたときは、本当に今までのリセットの意味もこめて、半年くらいのつもりだったんだがなあ……。今じゃ、家族じゃねえし、あっちにいてくれるしで、安心だ」

父子、どちらにとっても残酷なことをしみじみと言うと、父は卓のタバコを旨《うま》そうに吸った。

そして、ぐっと唇をゆがめて恐ろしい顔になった。初めて見る笑顔だった。

「そうだ、紹介した会社でもいいが、お前もアメリカ行っちまうのも手かもしれないな。何、今のうちならまだコネも使える。なんでも言ってみろよ、卓」

卓の指先で、吸わないままでいたタバコの火が、いつの間にか消えていた。

夜、そっと旭の部屋に忍び入ると、懐かしいものが目に飛び込んできた。
かつて恐怖の大王を描いたときに使っていた画材のセットだ。荷造りの中に鎮座している
ところを見ると、アメリカに持っていくつもりらしい。
そっとベッドに近づくと、雑誌を読みながら寝てしまったらしく、布団もかぶらず部屋着
で寝転ぶ旭の寝顔が見えた。
明日になれば、旭はアメリカに戻ってしまう。
そしてきっと、彼の意思がなければ、二度と戻ってくることはないだろう。
この家もいずれ競売にかけられると父は言っていたが、あの人は旭に自分の転居先を言う
気があるのだろうか。ないような気がする。
負の遺産は、全て一人で背負いこむつもりなのだ。
「なあ旭、僕らの親父は、馬鹿だなあ……」
暗がりの中、父とは違う不器用さを持つ弟の横顔を眺めながら卓は深く悩んでいた。
旭にアメリカに来てほしいと言われたときは嬉しかった。けれども父の、アメリカに行け
ばどうだという言葉はどこか物悲しい。
頼むから、行ってくれ、そのくらい遠くに。という父の声が聞こえたのは、混じりあった
タバコの煙が生んだ幻聴だろうか。

「ん……あれ、卓？」

うつらうつらと瞼《まぶた》を開いた旭に、卓は思わず微笑《ほほえ》んだ。

寝ぼけたときに出る第一声が「兄ちゃん」でないことが嬉しい。

そんなささいなことで一喜一憂するほど旭のことが好きなのに、今卓の胸にうちにある悩みは、遠い太平洋の向こう側を向いてはいない。

「何、夜這《よば》い？　悪い兄ちゃんだな」

くすくすと笑い、旭が寝転がったまま卓に手を伸ばしてくる。

そんなつもりはなかったのだが、改めて夜這いだなんて言われると、少しはいけない期待を持ってこの部屋にやってきたような気がしてしまう。

「そうか。悪いことなら、やめとこうか」

静かに笑ってみせると、旭の手が卓の腕を摑《つか》み、引き寄せてきた。

逆らわず旭の上に覆いかぶさると、彼の熱いほどの体温が心地よく体中に触れる。

ベッドに肘《ひじ》をついて身じろぐと、卓はそのまま旭の顔を、上から覗《のぞ》き込んだ。

旭は笑っている。そのくせ、頬はひきつり、デスクライトだけがついた暗がりで、黒色に見える瞳は緊張に揺れていた。そのくらいすぐにわかる。長い間、彼のお兄ちゃんだったのだから。

「ん、どうした、旭？」

「っ……き、昨日のチュー、もっかいする？」

言ってから、旭は唇を噛んだ。

きっと、もっとスマートに言う気だったのだろうと思うと可愛くて、卓は返事もせずにゆっくりと頭を落とした。

鼻先が触れあうのもかまわず、そっと、唇を押しつけると旭の体がびくりと跳ねた。

「兄ちゃっ……卓」

「お前のほうこそ、悪い子だな。次から、兄ちゃんって言うたびに一回、何か罰ゲームさせようか」

「そっ……待てって、マジで、悪い兄ちゃんになってるぞ。俺、ほんとやばいんだけどっ」

やばいなんて卓も同じだ。

触れて、その体温を感じたとたん止まらなくなっている自分がいる。ときには兄弟だという理性が、ときには物理的な距離が、いつも邪魔をして、こんな風に旭を感じることなんてできなかった。

箍《たが》がはずれて追い詰められた今、自分の中に雄の興奮があることを、まざまざと自覚してしまう。

「旭、お前が明日帰ってしまうのが寂しいから、ちょっと寝顔見に来ただけだったんだけどな」

「だけどなって……」

うろたえた声。しかし、旭の手は耐えかねたように卓の腰に回され、強く引き寄せてきた。そのままわずかに転がり、見つめあう。

「俺だったら、寝顔見る程度じゃすまないんだぞ。兄ちゃ……卓、俺がどんだけ好きか、わかってないだろ。え、エッチしたいくらい、好きなんだぞ」

大人びたと思っていた旭の、慣れていないストレートな物言いに胸がくすぐられるようだ。忠告するように言いながら、自分を抑えている姿が、愛おしい。

旭を好きになれてよかったな。ふと、そんなことを思うと、同時に、卓はいつもの羞恥心など心の片隅に押しやって、自らパジャマのボタンを外すと脱ぎ捨てた。

そして、旭の部屋着にも手をかけて、興奮にかすれた声で囁《ささや》く。

「僕も。ずっとしたかった」

「っ……」

飾り気のない本音は、若い旭の理性を砕くのには十分だった。

今日も父は帰ってこないし、母の寝室は子供部屋から遠い。

それでも、奇妙な罪悪感に襲われ、示し合わせたわけでもないのに卓も旭も声を押し殺していた。

薄暗い旭の部屋に、二人分の吐息がはあはあと重なりあい、湿度は増すばかりだ。

二人して裸になると、湿気のまとわりついた体はあっという間に火照り、肌がこすれあうだけでぴたりと張り付く感触にお互い震えた。

旭の肌に触れたかった。興奮と羞恥に染まっているだろう顔を見つめていたかったし、もっと優しくしてやりたかったが、いざこうして欲望をさらけだすとなかなかうまくいかない。キスの時は我慢していただけなのだろう。若い旭の雄はことのほか元気で、一度卓の薄い腹の肌が旭の陰茎に触れたとたん、もうこれ以上は我慢できないとでも言いたげにベッドに押さえつけられたのだ。

唇だけにとどまらず、喉にキスをされ、鎖骨に食いつかれ、遠慮も余裕もない刺激に卓は翻弄されるほかない。

「あっ……すごいな旭、お前もう……」

「うっさい。そんなの、当たり前だろ、馬鹿っ」

太ももにあたる旭のものは、今にも爆発してしまいそうなほど硬く熱い。

ずるずると、内腿《うちもも》をそれでこすられ、会陰をつつかれ、なんの準備もできていない体が、何かを予感してわななくほどだ。

気持ちいいか、感じる暇もないほどの強い愛撫なのに、下肢にあたるその陰茎の感触には、やけに淫《みだ》らな気持ちを誘われる。

旭の唇が、胸元まで降りてきた。そして、焦《じ》らすような余裕もなくそのまま乳首をすられる。まったく意識していなかったそこを、熱い口腔で食《は》まれたとたんにじくじくとしたうずきが上半身を襲い、卓は驚いてみじろいだ。

しかし、旭が放してくれるはずもなく、逆に逃《のが》すかとばかりに腰を抱く力を強めると、強く吸い付いてきた。つんと尖ったそこに、舌を押し付けられ、こねまわされると腰が勝手に跳ねる。

そして、自ら旭の股間に、自分のものを押し付けるような格好になる。

恥ずかしい。けれども恥ずかしがっている暇がもったいなくて、卓は胸に吸い付く旭の頭を優しく抱くと、もう片方の手を彼のものに伸ばした。

「う、わっ……」

「旭、可愛いなお前は」

「待て、って……」

手の平で優しく握ってやりながら、卓は旭の雄芯をしごいてやる。指先に、激しい脈動が伝わってくるのが心地いい。

くっそ。と言って吐息を漏らすと、旭はその指先に対抗するように、なおも卓の乳頭を責めてくる。わざとらしく音を立ててすすられ、敏感になった先端を押しつぶすように舌が蠢《うごめ》く。

その刺激から生まれるざわざわとした快感はだんだん鋭いものになっていき、卓もなけなしの余裕が少しずつはがれていった。

「ふ、……っ、う、やべ、卓、それ、出るっ」

旭の、がちがちの陰茎を握ったたまま、膨らんだ先端の上で指を滑らせると、甘ったるいうめき声があがった。その吐息が、さんざ舐められた胸を撫で、卓の肌も粟立《あわだ》つ。

小さな快感に、ぴくりと体が跳ねると同時に、少し強く握り締めてしまったせいだろうか、一瞬旭が卓の手に陰茎を押し付けてきたかと思うと、その先端から勢いよく精液がほとばしった。

濃い手触りの体液が、たっぷり。そのほとんどを手で受け止めながら、卓は心臓が高鳴るのを止められないでいる。

「はぁ、はっ……くっそ、卓より先にイクとか……」

「年《とし》の功だ。それより旭……僕と、どうしたい？」

胸にある旭の頭を撫でながら、卓は優しく囁いた。

正直、旭と一つになれるならどちらでもよかったし、旭が欲しいものなら、何もかも与えたい気分だ。

そんな卓を見上げる旭の瞳は、らんらんと輝いている。

その正直な欲望の輝きがやはり可愛く思えて、気づけば卓は、旭の返事も待たずに、彼の欲液に濡れた指先を自分の後孔に押し当てると、軽く足を開いてみせた。

「僕は旭が欲しいけど、旭、お前はどうしたい？」

旭が、そっと身を起こしてこちらを見下ろしてきた。

卓の表情も、体のラインも、湿気と汗にしっとりと輝く肌も、そして割り開かれた恥ずかしい場所も、何もかも眺めていたいのに目がたりない。そんな様子で、鋭い視線は何度も何度も卓の体中を眺めまわしている。

自分なんかで彼を煽《あお》れるだろうかと不安になりながらも、卓は羞恥を押し殺して自分の後孔を濡れた指でなぞった。

震えたそこは、これから何が起こるのかと不安にひくついている。

旭は、何か言いそうになって、けれども言葉にできなかったのかすぐに唇を閉じた。そしてその指先を卓の陰部に伸ばす。そして、卓の指先に自分の指先を添わせ、ゆっくりと卓の中に入ってきた。

ほんのわずか、爪の先だけ。けれどもその、他人の手に広げられる感触と違和感に、卓はたまらずシーツに顔を押し付ける。

ぎゅっと窄《すぼ》まったそこを、旭の指先はじっくりと押し広げてきた。

円を描くようにじりじりとほぐされ、卓の指先が緊張に動きを止めているのに反して、しばらくすると第二関節まで、そこでもたっぷり蠢くと、ついには根本まで入ってくる。

まさにその奥深くで、粘膜を異物に撫でられた卓は、じっと秘部の違和感に強張《こわば》っていた体の変化に、吐息を漏らした。

「ぁっ……」

腰の奥に、緊張が緩むような不思議な波が広がる。

旭が、そんな卓をじっと見下ろしながら、奥深くに指を挿し込んだままぐるぐるとかき回してくる。初めて粘膜をひっかかれる感触は強烈で、ささいな刺激だろうに内臓に響いた。

こんな調子で本当にできるんだろうか。

と今さら臆病風に吹かれた卓の体は、次第に旭の指先に追い上げられていく。

最初こそひきつったように固まっていた粘膜が、気づけば旭の指先に懐いている。そっと引き抜かれ、今度は二本挿し込まれるころには、ぞくぞくとした快感に下腹部を震わせ、腰を浮かせてしまっていたほどだ。

「エロい……」

「ほんとか？　なんか、冷めちゃったり、してないか？」

たっぷり卓の中に自分の欲液を塗りこめながら、卓が荒い呼気とともに言いすてた。

「そんなわけないじゃん。もう俺、どうにかなりそう」

そう言って、旭は卓の太ももにまた腰を押し付けてきた。

さっきあんなにたくさん吐き出したばかりの旭の陰茎は、またぞろ頭をもたげ、これからが本番だと言わんばかりだ。

だが、今回は卓も負けてはいなかった。

痴態を愛しい男に見つめられ、見知らぬ場所をかきまわされる。それだけでもうそそりたつ卓のものは、後穴をほぐす旭の眼下で揺れていた。

「なあ、旭……」

「な、にっ……」

ずるずると、自慰でもするかのように卓の体に自分のものをこすりつけながら旭が尋ねてくる。

そんな、体に触れる全ての感触が愛しくて、卓は打ち明けた。

「お前昔、僕のうなじに触っただろう。子供だったくせに、すごくエッチな触り方だった。映画、見に行った日だったかな」

「ああ。あれ以来いつもあの夢見るよ。にぃ……卓の、うなじの夢。黒い、髪がそっとかかって、白くて細くて、ただそれだけなのに、俺、その夢で夢精したことある」

「マジで？　ははは、可愛いなあ、お前は、本当に……」

心底愛おしげに笑うと、体の中にあった旭の指がぴたりと動きをとめた。

そして、ずるずると引き抜かれていく。

「僕なんか、あの日からずっと、うなじが熱いんだ」

「……ずっと？」

「ああ。ずっと。だから今度は、うなじ以外も全部触ってくれ。アメリカにいるお前を思い出すたびに、体中燃えてしまうくらい」

言い終えるか終わらないうちに、ベッドが軋《きし》んだ音を立てた。

緊張した。けれどもそんな様子はおくびにも出さず、卓は仰向《あおむ》けのまま自分の脚をかかえあげる。そんな卓の骨盤のあたりを、旭の大きな手が摑んだかと思うと、柔らかくなった後孔に、濡れた音をたてて熱くて硬いものが触れた。

ひくつく窄まりが、旭のものに接吻《せっぷん》でもするかのようにまとわりつくのを自覚する。そして卓は、体中が旭を欲していることも自覚した。

その貪欲な願いを叶《かな》えるかのように、旭がぐいと腰を押し付けてくる。

「うっ……」

あんなに柔らかくしたつもりでいたのに、指よりはるかに太く熱を持つそれは、鋭い痛みを卓に与えた。

先端が入るだけで精いっぱい。そう思うのに、旭はなおもぐいぐいと腰を進めてくる。

ぎちぎちと狭道が旭のものを迎え入れ、その脈動の激しさに戸惑っていた。押し広げられた内壁の圧迫で、内臓が持ち上げられるような気持ち悪さがある。

「卓、大丈夫か」

もう、余裕なんて欠片《かけら》もない声をしているくせにそう聞かれ、卓はすぐに何度もうなずいた。

痛くても苦しくてもどうでもいい。ただ、旭と一つになりたい。旭の欲望に、もっとさらされていたい。

ああ、もう本当に、兄弟の絆《きずな》も感情も終止符が打たれたのだなと、この熱のさなか実感する。そしてもっと深くに旭が欲しいと思ったとたん、新しい関係が始まったことも。

お兄ちゃんぶって生きてきたくせに、今さら愛欲に溺《おぼ》れているのだから、そんな身勝手な自分には、お灸《きゅう》がてら痛い思いもちょうどいい。そんなことを思いながら、今度はずるずると抜かれる旭の動きに、息を詰める。

「ん、ぐっ……」

「……」

旭が、気づいている気がする。

このまま、卓を心配して止《や》めてしまうのでは。

そんな不安が脳裏をよぎったとたん、再び旭が腰を打ち付けてきた。

奥深くまで濡らされた二度目の律動は、最初の挿入より少しスムーズで、震える粘膜は与えられた刺激に戸惑いながらも震えている。そして、旭の太いものに腹の奥を圧迫されて、気づけば卓はのけぞるようにしてベッドに体を押し付けていた。

「あ、んぅっ……」

「はっ……あ、すごっ。卓、熱い……」

熱に浮かされたような声とともに、また旭が腰を引いた。そしてまた押し付ける。最初こそ遠慮がちだったその動きは、ほんの数度のグラインドで止まらなくなったようだ。理性などもうどこにも見当たらない、若い欲望が容赦なく初めての卓の体を攻めたてる。

「ぁ、ぁっ、ぅっ……」

「ふ、ぁっ……卓、っ、すげ、俺、卓とヤってる……っ」

「あんっ、あ、っ、あっ……旭、旭っ」

小声で名前を呼びあうが、こうもベッドがうるさくては家中に響いてしまいそうで怖い。それどころか、隣の家にも聞こえてしまうかも。

けれども本当に、今は何もかもがどうでもいい。

若い雄芯に、何度も何度もこすりあげられる肉壁が、襞《ひだ》のように蠕動《ぜんどう》して旭のものをしめあげる。その都度卓の腹の奥には欲望がうずまき、快感が体中を駆け巡った。

痛くて苦しいが、同時に快感も今まで感じたことのない激しさで、卓はすがるように旭の背中に手をまわした。

密着したお互いの腹の間で、そそり立つ卓の陰茎がしごかれる。だらだらと先走りの液を流すそれの限界はもう近そうだ。と同時に、旭が卓の奥深くに陰茎を叩《たた》きこむと、動きを止めた。

あ、くる。そう思った瞬間、もう一度大きく穿《うが》たれ、卓の腹の奥深くで、旭の数年分の恋の塊が叩きつけられる。絶頂にひくつく腹に卓のものも刺激され、たまらずどろどろと欲液を零《こぼ》してしまう。

「あぅっ、んっ、旭っ、もっと……」

「っ！　あぁ、俺も……もっと、卓が欲しい。これからもずっと」

激しすぎる絶頂のさなか、耳朶《じだ》に触れた言葉は泣いてしまいそうなほど嬉しいもので、そして同時に、胸に痛かった……。


「母さん。もう電話線、抜いちゃっていい？」

上機嫌でアメリカに戻っていった旭が、怒りと戸惑いの電話をかけてくるのはいつ頃だろう。卓は旭の荷物にまぎれこませた自分の手紙の中身を思いだし母に尋ねた。

「いいわよ。お父さんに用事のある人は、会社にかけるでしょうから」

思い出は、もう全て段ボール箱の中だ。

アメリカには行かない。鷹浜家とは縁を切るから、お前ともこれっきりだな。最後の思い出はなかなかよかった、本命の彼女ができたら、あんな風にがっつくなよ。

まるきり遊びなれていないくせに、必死でそんな文面を考えて書いた手紙は、画材のセットが詰まっていた旭のカバンに忍び込ませた。その存在に、アメリカに到着するまで気づくことはないだろう。

そしてそれは、旭を怒らせるだろうし、傷つけもするだろう。

しかし、断片たりとも彼とこれ以上繋《つな》がっている気にはなれない。

真実を話せば、きっと情も縁も切れなくなる。その細い線を辿《たど》って、旭にどんな迷惑が及ぶかわからない。

そして卓は「筋は通して、旭のことはアメリカの親族に任せてる」と言って寂しそうに笑った父のように、何かあったときに彼を救うノウハウは持っていない。

電話に向き合うと、傍らに先日面談した会社の名刺が置きっぱなしになっていた。

その名刺を躊躇《ちゅうちょ》なく破り捨てると、同じような躊躇いのなさで、卓は無造作に電話線を引き抜いたのだった。

一九？？年。


かつて働いていたバーは店長さえ代わり、もう知っている顔はない。

素っ気ないスーツに新品のネクタイ。履き古した黒い革靴という格好で、卓は懐かしい店内を広く見渡せる中二階席の暗がりから、一階のバーカウンターを見下ろしていた。

あのカウンターの中でバーテンダーの格好をして働いていたのが、もう何年前の話だったか。

そもそも、この地に戻ってくること自体が久しぶりだ。

そして、かつて弟だった、愛しい男の横顔を見るのも。

「せっかくイケメンに成長してるのに、こうも暗がりだとわかんないな」

ビールを飲む卓を前に、春城が懐かしい笑みを浮かべて階下のカウンターを指さした。

かつて、いつも春城が座っていた席に今、旭が座っている。

以前より逞《たくま》しくなった体。茶色い髪は少し伸びて、目元には影があった。荒《すさ》んで見えるが、実際荒んでいるのだろう。

旭の手元には、ジントニックのグラスがある。

彼も酒を飲むようになったのかと思うと、何か、自分が知らない時代に迷いこんだような、そんな気になった。

アメリカにほったらかしの旭から連絡があったのは、今年の春だ。

旭がどうしているかはわかりやすい。モデルという仕事は何かと露出もあるし、旭の所属事務所はわかっているから、一度他人を装って下手《へた》な英語で問い合わせたこともある。

一度は賑やかな仕事も手に入れていた旭だが、去年はまったく仕事が取れずくすぶっていた。そのせいか、旭がかかわった仕事を話題に、彼のモデル歴に興味があるとかなんとか話せば、存外事務所の食いつきはよく、あたりさわりのない近況は手に入れることができたのだ。

旭の実母の親戚であるアメリカの滞在先は平穏を愛する老夫婦で、旭を預けるにあたって父が送った資金には感謝しつつも、ややこしい事態に陥っている鷹浜家との連絡は取りたがらなかった。もちろん、旭に言うつもりもないと約束してくれている。

しかし、漏れるものは漏れる。

作間《さくま》だろうか、雪《ゆき》だろうか。はたまた沈みかけた船から鼠《ねずみ》のような速さで逃げ出していってことなきを得ている、鷹浜家親族からか。

とにかく、旭は卓たちが今どんな状況か、多少は知ったらしい。

最初の電話では、小さな事務所で、父から買い取ったホテルの経営をほそぼそ続けている中で聞いた旭の声は懐かしくて、油断すれば意味もなく泣き出してしまいそうだった。

だから、すぐに切った。

二度目と三度目は事務員が出て、彼女に切らせた。うちは鷹浜グループとは無関係です。と言い張りながらホテルを経営していたが、主力ホテルで柄の悪い男が集団で泊まり込み、あれこれ難癖をつけてくるせいでピリピリしていた時期なのだ。

未《いま》だに卓は、旭に「なんでだよ」と言われれば、返す言葉を持ち合わせていないし、落ち着いて応じていられるかも怪しい精神状態だった。

それからなんだかんだと言い訳をしては電話を切って、もう何度目だったか。

昨日かかってきた電話が、国際電話ではなかったのだ。

今、日本にいる。実家、駐車場になってんだけど。

そう言われれば、会わないわけにもいかなかった。

できれば実家には近づいてほしくない。そう伝えるにはどうしたらいいだろう。

苦渋の果てに、他に頼る相手もなく卓は、黙って別れたままでいた旧友に連絡したのだ。

春城は昔とさしてかわらず、ただ、堅苦しいスーツと堅苦しい髪型で現れ、相性の悪い銀行の融資担当者のような格好に少々苛立った。

だが今階下で荒んだ顔を見せている旭でさえ叶わないだろうほど、疲れて剣呑《けんのん》な表情の卓の様子をとくに指摘しないでいてくれたのはありがたい。

「今日は噂話しないんだな。お前のところのお母さん、噂話得意だろ」

「俺は、そこからさらに厳選して、信憑性《しんぴょうせい》のある噂話だけチョイスしてんだよ。鷹浜家の噂話は、今のところ信憑性があるのはないな」

「お前が昔とかわらず男前で助かるよ。ついでって言っちゃなんなんだけど、電話で話してた件、頼めるか」

昼間だというのに、相変わらずスコッチを飲みながら、春城は旭から卓へと視線を移した。

静かな瞳には、苦労を労《ねぎら》う色と同時に、責めるような色もあった。

「鷹浜家のせいでヤクザにも絡《から》まれて嫌な思いしたから、お前とお前の母親は完璧に縁を切ってて、もう当時の親戚とはかかわりたくない。旭も含めて。って話をオブラートに包みつつ、確実に伝えろってか」

「うちの会社を知ったってことは、大方何があったかは知ったってことだろう」

「可哀想《かわいそう》に。夕べは遅くまで、元鷹浜家月極駐車場で座り込んでたぜ」

「……だから困るんじゃないか。怪しい奴だと思われてるくらいならいいけど、ご近所で噂の怖い人が来て、家族だってばれたら大変だ」

春城は、卓の懸念を否定せずにスコッチを舐めた。

春城にさえ、卓は何も言わずに家を出た。父が独立させた会社を母と経営しているが、世間の風は厳しい。父は先日急に行方《ゆくえ》不明になったが、無事生きて帰ってきて、またほそぼそと借金を返しながら生活している。

何が起ころうとも、あまり驚かなくなった。

それより、対処法一つ間違えるだけで、のちのち命取りになることを思えば、旭が自分たちの周辺をかぎまわるのもわずらわしいことに過ぎなかった。

たとえどれほど愛しく、会いたかったとしても。

厄介ごとを頼むのだから、と思い春城にだけは説明しようかと思ったが、春城は聞こうとはしなかった。

賢い男だ。対岸の火事も、火の粉は自分を狙っていると知っている。

「納得する気のない奴を納得させるのは骨が折れる。もう少し、旭に都合のいい話題はないのかよ」

「一家心中したとかいう噂が流れてたほうが便利だったな。旭も、探しようがなくなるんだから」

「冗談の性質《たち》が悪くなってくるときは、坂道転がってる証拠だ。喋らないほうがいい」

「悪い……」

沈黙の時間がまた過ぎる。

聞きたいことも話したいこともお互いたくさんあったが、かつて黙り方を知らないかのように喋りあっていた二人は、このテーブルに座って以来、急に言葉の発し方を忘れてしまっていた。

それでも、なんとか絞り出す話題は、どこか抽象的なものばかりだ。

「なあ一つ聞きたいんだけどさ。まだお前、旭のこと好きなのか？」

春城の問いかけに、卓は一瞬視線を泳がせ、観葉植物の陰から旭を見下ろした。

背中を丸めて俯《うつむ》いてしまった姿は、今すぐにでも走っていって抱きしめてやりたい気にさせる。

「ああ、好きだ。春城、お前にだけは言うけどさ、僕は家族愛とか、父親への恩返しとか、そんなことでこの道を選んだわけじゃないんだ」

春城は卓を見ず、卓と同じように、じっと旭を見下ろしていた。

父の用意してくれた安全な道も、旭がいざなってくれた遠い楽園も選ばず、あえて卓はもっとも険しい道の一つを選んだ。何もかも、他愛ない未来の安息のための決断だった。

「あいつからの手紙の宛先が、うちの住所になっているのを見て思ったんだ。モデルなんて不安定な仕事、いつ何があるかわからない。あいつがいつか傷ついて帰ってくるような日があったとき、帰る家がないと可哀想だろ」

だから、帰ることができる安全な家を、一刻も早く作っていてやりたい。

「まあ、モデルとして成功してくれるなら、徒労なんだけど」

「そういうのはな、保険っていうんだ」

旭は待ちぼうけを食らっている。

卓が指定した時刻より三十分も前に来て、かれこれもう二時間。

四杯目のジントニックを注文する姿を見て、さすがに放っておけなくなったのか春城が席を立った。その手元に、卓は一万円札を差し出す。

「ごめん、あいつの分奢《おご》っといてやってくれないか」

ためらいなく一万円札を手に取ると、それをためつすがめつしながら春城は目も合わせずに小さな声でささやく。

「やっぱり、お前と飲むと酒が旨いな。今日みたいに辛気臭い顔でも、誰と飲むより旨かったよ。なあ卓、晴れて俺が旭をアメリカに帰してやったら、見返りはなんなんだ」

昔と変わらぬ悪戯《いたずら》っぽい笑みがこちらを向いた。

隣の家の幼馴染《おさななじみ》。初等部から同じ学校で、大学では別々になっても、一年で顔を合わせない日のほうが少ないくらいだった。

きっと、旭よりも長く一緒にいた相手。

今この店に、もっとも愛した男と、もっとも慕った男がいるのだと思うと、卓は胸が詰まった。

うすうす、言わねばならないと思っていた答えを、平静を保って口に出す。

「そのときは二度と連絡しない。お前と街ですれ違うことがあっても、目も合わせないよ」

一瞬、春城の唇が震えた。

ごめん、と言いかけた唇は、思い直したように「ありがとう」とつぶやくと、半分ほど残っていたスコッチのグラスを卓に押しやり、階段を下りていった。

階下がにわかに騒がしくなった。

あ、春城。と、縋《すが》るような旭の声。

春城にあんな声を出すなんてどれだけ弱っているんだか。苦笑を浮かべて卓は、一人の席で飲みかけのスコッチの湖面を眺めた。

もう氷は溶けきってどこにもない。

小さな声は聞こえるが、内容は判然としない。そんな会話がしばらく続いたあと、ふいに店内に旭の怒鳴り声が響いた。

「そんなの、心配だからに決まってんだろ！　なあ、卓がどうしてるか教えてくれよ。大事な人なんだ。あの人が本当に無事なのかどうか、一目見るくらい、頼むよ！」

恨み言より先に、心配の声をあげてくれることに胸が震える。

漏れそうな嗚咽《おえつ》をこらえるため、卓は春城のスコッチを一気に飲み干すと、階下を通らず店を後にしたのだった。

一九九八年。

人気女優の名前とともに大きく書かれた「モデルとの熱い一夜」というコピーはいかにもありがちで、しかしその単純さが実に低俗で、寝不足の卓の神経に障った。

先月も別の女性との朝帰りのゴシップ記事を見かけたことがあるが、だいたいにして、なぜ女優だのタレントだのが主役なのだ。相手の、その男を、もっと取りあげろ。いやしかし貶《けな》すな、もう少し褒めろ。

なんといっても、そのモデルは鷹浜旭だぞ?

と、卓はその手の記事を見るたびにわけのわからぬ言いがかりで頭をいっぱいにしては、眉間《みけん》の皺《しわ》が増えている。

そういう時間はできれば一人で過ごしたいものだが、今は仕事中でそうもいかず、頭上に影が落ちたかと思うと、今朝から聞き続けている官僚のような堅苦しい声が降ってきた。

「あなたが、週刊誌のゴシップ記事を見て眉をひそめるようなことがあるなんて知りませんでしたよ、勢登《せと》専務」

卓が顔をあげると、向かいの席に自分のコーヒーの載ったトレイを置いて着席する滝谷《たきたに》部長の姿があった。セルフサービスの喫茶店のコーヒーはお茶かと見まがう薄い味わいだが、店内は小綺麗で、広い机には仕事の資料を広げやすい。

ちらりと、卓の広げる数冊の週刊誌に一瞥《いちべつ》をくれたあと、合点がいったように数度うなずくと、滝谷は自分の鞄《かばん》から携帯電話とファイルを取り出し机を賑わせた。

「ああ、今回候補にあがってるモデルさんのゴシップ記事ですか。早速勉強熱心ですね。その記事は旭さんかな。もう二十代半ばですから若さには欠けますけど、独特の魅力があるんですよね」

「ほう」

にやけそうな頬をごまかすように、卓は週刊誌を閉じるとコーヒーをすすった。

専務と部長。と言っても、二人は同じ会社の人間ではない。

今年ついに三十歳になった卓は今、ホテル経営を手掛けるハーク株式会社の役員であり、専務である。母が買い取った父の会社の名残《なごり》が、今もほそぼそと続き、卓もそれを支えてきたというわけだ。

小さな会社の管理職。銀行や会計士との打ち合わせから、取引先の接待、果ては営業までこなし、ついでに空いてる手で事務作業もしなければならないなんでも屋も、二年前に得た専務という肩書をつけておけば何やら立派に見える。

滝谷も同世代の三十歳。イベント企画会社の所属で、若さ故《ゆえ》に舐められることも多い日々の中、若き部長職との仕事の交流には仲間意識的なものをたびたび抱いている。

その上旭のことまで褒めてもらえれば言うことはない。

「しかし醜聞が少々ひっかかる。頭を下げてお願いしたい反面、イベントまで問題を起こさないでいてくれるか、心配になるタイプです」

「大丈夫でしょう。ゴシップ誌がどこまで本当のことを書いているかは知りませんけど、契約した先に迷惑をかけるような無責任な男じゃありませんよ」

「驚きました。私の知る限り、男性で旭を庇《かば》った人はあなたが初めてです」

卓は苦笑いを浮かべると、緩みかけていたネクタイの結び目を締め直した。

グレーの背広に無難な色合いのネクタイと、ノリのきいたシャツ。ありがちなサラリーマンの格好が、卓はすっかり板についていた。小綺麗だった顔立ちは歳《とし》とともに面長になり、品のある風貌《ふうぼう》には若い頃にはなかった艶《つや》がある。

あたりさわりのない性格は相変わらずだが「なんだか毒が潜んでるわよね、あなたの態度って」とは母の言葉だ。したたかでなければ組織を守ることも率いることもできないことを思えば、褒め言葉だと思っておきたい。

「旭は、元鷹浜グループ社長の御曹司でしたからね」

ぽんと放った一言に一瞬怪訝《けげん》な顔をしてみせた滝谷だったが、鷹浜といわれて先月別の仕事で一緒になった男の顔を思い出したのだろう、銀行員のようなしかめ面《つら》に皺が一本増える。

「……というと、あの鬼瓦の？　嘘でしょう？　世間にばれたら、遺伝子学者に被験者として狙われかねませんよ」

「失礼な。隠し事があって気まずそうにしかめ面してるときの顔なんてそっくりだったんですよ。でも私も驚きましたよ。今日の会議で、モデルの候補に旭の名前が出たときは」

週刊誌を鞄に仕舞い、代わりに滝谷の広げたファイルを一冊手にとると、何枚ものモデルのデータがあり、そっけない文字データの上にはクリップで一枚ずつ本人写真が留められていた。

どれも男性の写真ばかりだ。

よく見る顔から、初めて見る顔までさまざまだが、その中に混じる旭のデータは「よく見る顔」に加わっている。

「でも勢登さんは連れ子だったんでしょう？　ややこしそうな御家庭ですね。弟さんにあたるんですか？」

「ええ。もう弟じゃありませんけど、けっこういい兄弟やってたんですよ」

「じゃあ、頼んでみてくださいよ。この仕事」

懐かしむように微笑む卓の態度が思わせぶりに見えたのだろう。滝谷が机に肘をついて詰め寄ってくる。

しかし、卓の反応はあっけらかんとしたものだ。

「やめたほうがいいですよ。ご存じのとおりうちの会社の前身は、夜逃げ同然のつぶし方しましたからね。あのとき、実家も弟に知らせず引っ越ししているんです」

アメリカに彼を置いたまま一家離散した話をすると、身を乗り出していた滝谷が今度はのけぞるように椅子《いす》に戻っていった。

呆れた瞳の色には、今回の仕事に対する懸念が宿っている。

「なんとまあ、前からうすうす思ってましたけれど、勢登さんって優しいフリして酷《ひど》い男ですよね」

だって大変だったんですよ、ヤクザ屋さんが来るし。と言って卓は旭のページを開き、ゆっくりと眺めた。

あれから七年。父や卓の判断には正しい側面も、間違っていた側面ももちろんあるが、今となっては懐かしめるだけありがたいと思っている。

遠くから見守るほかなかった旭は相変わらず浮き沈みが激しかったようだが安定してモデルを続けられるようになり、四年前からちょくちょく日本での仕事にもその姿を現すようになってきた。

そして、二年前、ついに日本の事務所に移籍して、こちらで活動を続けている。

連絡をとりたくないわけではなかったが、あれだけ何もかも切り捨てておきながら、自分たちの生活がようやく軌道にのり、人間らしくなってきたからといって急にまた家族面《づら》をする気は毛頭ない。

「ましてや仕事の依頼だなんて、都合よすぎてとんでもない。気分を害させるだけです。旭に頼む予定なら、私は交渉の場にもいないほうがいいでしょうね」

「まったくです。できれば、その彼のデータを見ているときも、息を止めててほしいくらいですね。幸先が悪いったらない。どうしてさっきの会議で、そのこと教えてくれなかったんですか」

「みなさんの意向を見定めてる最中です」

こともなげに答えて、卓は息を止めるどころか、データ上の旭の名前をそっとなぞった。

旭がモデルとして成功したときから、もう一生会うことはないだろうと覚悟していた。テレビや雑誌で活躍する旭の姿を見れば今でも胸はときめき、そして同時に喪失感を覚える。だが、彼には彼の居場所ができたのだと思えば、安堵《あんど》もあった。

だから、かねてから進めていた仕事のモデルの候補として、今日旭の名前を見つけたときは驚いた。

考えてみれば当然の流れなのだが、年々スポットライトを浴びて輝きを増す旭を見ていると、別世界の人というイメージが強くなりすぎて、考慮に入れていなかったのだ。

「日本産業とファッションの新時代という私たちのテーマを汲《く》んでくれるモデルさんにお願いしたいのはもちろんですけど、旭さんくらいのネームバリューになってくると、そんなことは二の次にして肉親関係でもなんでも利用してお願いしたかったんですけどね」

「……旭はそんなに評価が高いですか?」

じっと見つめると「弟の武勇伝が聞きたいだけの顔になってますよ」と滝谷にそっけなく返される。

不況の波が押し寄せるばかりの中、卓の会社は大変だったが、最近は少し余裕がある。皮肉なことに、倒産当初は不況など他人事《ひとごと》みたいな顔をしていた人々も、揃《そろ》ってじわりじわりと落ちてきているし、互いに現状打破をしたいとあがく、滝谷の会社のようなところと知り合う機会も増えた。

古くから鷹浜グループが運営していたホテルと、地方の温泉宿が一軒。あとは四軒ほど、日本各地にビジネスホテルを残すのみとなった、卓のハーク株式会社では、このところ他業種と共同しての短期事業などに意欲的だ。

国内旅行も下火で、ビジネスホテルも低価格化が進む一方の中、客室を埋めることだけに汲々《きゅうきゅう》としているのはもったいない。

滝谷の会社とは、以前国内ツアーイベントで協力しあった仲で、以来、酒の席でも不況の愚痴より次はどんなことをしようかと、そんな話ばかりしている。

そんな二人に、美味しい話が舞い込んだのが三年前のこと。その頃卓のホテルでは、ある紡績産業が独自開発した、伝統工芸を再現できる織機《しょっき》による製品で、ホテルの客室の一部を統一しようかという話が出ていたのだが、それに目をつけた業者が、伝統工芸に関する企画を合同で立ち上げないかと持ちかけてきたのだ。

最初こそ異業種交流的な意味合いを持っていた企画は次第に大きくなり、現在共同計画は「次の時代につなげる和の力」と称してファッションショーなどを含めた製品発表のイベントが目的となっている。

そして、何を隠そうハーク株式会社の主力ホテルが、その会場となる予定だ。

関係者が増えてきたため利害関係もややこしくなり、計画当初から名を連ねていたにもかかわらず、最近ハーク株式会社の発言力は弱まっているが、それでもマメな営業でスポンサーを見つけてくる卓の能力は仲間内の信頼を集めている。

今日はまさにその会議が朝からあり、久しぶりにほとんどの計画参加社の担当が集まり議論を繰り広げた。

実もあれば毒もある会議は気が抜けないが、しかしようやく来年の七月に向けて具体的な内容になってきた話し合いは卓の意欲に火をつけてくれる。

そしてその会議の場で、ついにファッションショーのためのモデル依頼の話し合いになったのだ。

ところが、伝統織機で近未来的な布地を織ってみせる会社も、老舗《しにせ》の技で竹編みのブーツを作ってみせる会社も、ことモデル選びとなると照れや個人的好みが邪魔をしているように見えるとは滝谷の話だ。

「アパレル事業部やなんかを作ってる会社は、そういうことに慣れてるんですけど、無骨に技術だけ伝承してきて、あとは注文が来るのを待ってました。なんて工房は、頭の固い人の横やりが入ると大変ですよ。やはり、女性モデルよりも男性モデルの選択のほうはなかなか進みが悪いですね」

溜息を一つつくと滝谷はタバコを取り出した。ライターを差し出してやりながら、卓も今朝の会議の様子を思い浮かべて笑みを収める。

昨今男性のお洒落《しゃれ》も当たり前になってきているが、一方で男が着飾ることを軟弱だというものもいる。

アパレル関係者や出版社の人間が柔軟でも、金を出してくれる企業の頭が固いということもある。このところのもめごとはたいてい、そのあたりの価値観の違いにあった。

「私が言うのもなんですけど、私と旭の関係よりもよほど、浜《はま》さんや津名《つな》さんのほうが怖いですね。別に男性モデルの経歴を見て、ちゃらちゃらした格好してポーズ決めてる仕事が理解できないとか思うくらいはけっこうですけど、口に出されたら……」

卓の懸念に、滝谷も思い出したのだろう、苦い顔になる。

「お二人とも、まさに職人肌の頑固オヤジですからね……。まさか、モデルみたいな男がもてはやされるからオヤジ狩りなんか流行るんだ。なんてとんでも理論が展開されるとは思いませんでしたが」

「ああ、あれはびっくりしましたね」

「ええ。ちょうど狩られるお年頃ですから、気になりますよね。なんて相槌《あいづち》うつあなたにもびっくりしましたが」

「以降黙ってくださったじゃないですか」

ぱらぱらと、モデルのデータに添付されていた旭の資料をめくる。

目につく写真は知っているものばかりだが、モデル事務所から提供されたのだろう、色あせたカラーコピーは見知らぬアングルの旭だった。

「あ。ねえ滝谷さん、この写真ってコピーさせていただけませんか？」

「お断りします。モデル事務所のほうからやめてくれと言われていますので」

「おや、残念」

言って、卓はまじまじとその写真を眺めた。

まるで網膜に焼き付けるように。

そんな卓を少し呆れた様子で滝谷が眺めていたが、ふと何か思い出したように、煙とともに疑問を吐き出した。

「さっき言ってたこと。旭さんは契約した先に迷惑をかけるような無責任な男じゃないって、本当ですか？」

「ええ。一途《いちず》で、優しい男なんです」

「メインで呼びたいモデルさんが、もうスケジュールぎちぎちで呼べそうにないんですよ。

旭さんあたり、ほんとに出てくれるといいんですけど」

「……」

煙に誘われるように卓が顔をあげると、滝谷が怪訝な顔をした。

何か、と問われて、すぐに言葉を返す。

「どこのモデルか知りませんけど、旭をただの代役程度に言われては困ります」

「はぁ……まともなのはあなただけだと思ってたのに、あなたが一番変人だったなんて」

弱り果てたように眉間の皺を揉んだ戦友を気にも留めずに、卓はまた見たことのない旭の写真を堪能《たんのう》する。

もしかしたら同じ仕事を手掛けるかもしれない。

なんて、なかなか胸の躍る話だ。

しかし、そうなると挨拶の一つもせねばならない。しかし、もう七年経《た》った卓にとって、いつまでたっても美しい恋の記憶は思い出でしかなく、あの日淡々と別れることができたのならば、再会もまた淡々としていられるだろうという呑気な算段があった。

未だに卓には、旭の感情を、それが愛情だろうと恨みだろうと、上手《うま》く躱《かわ》せるという自信があったのだ。そう、まるで「お兄ちゃん」だったころのように……。

それから五日後。卓の油断をあざ笑うように事件は起こった。

「兄ちゃん」

その声が聞こえた瞬間、卓は七年培ってきた自分の柔軟な笑顔が、ひび割れた気がした。

そして、何年ぶりだろうか、うなじがわけもなくかっと火照ったように熱くなる。

父の代から変わらぬ内装の来賓用ロビーには、すっかり顔馴染《なじ》みになってしまったイベント参加各社の担当者が集まっている。その顔ぶれの中に一つ、馴染みがなく、そのくせ懐かしい男がいるではないか。

空間デザイナーの男の隣に親しげに座る長身は、ソファーから手足が余りすぎている。大勢いる中に一人ぽつんと座っているだけなのに、まっさきにそちらに目が吸い寄せられるのは、卓の中の枯れない慕情のなせるわざか、それとも旭にそれだけのオーラが備わっているのか。

思わず滝谷を振り返ると、冷めきった顔が空間デザイナーを見つめている。

予定外の出来事のようだ。

「お待たせして大変失礼いたしました皆さん。それに、意外なお客様もおいでで……」

にこりと微笑んで輪に加わると、賑やかだった担当者らが一斉《いっせい》に卓を見て言った。

「ああ、勢登専務。なんで言ってくれなかったんですか、旭さんとは義理とはいえ御兄弟だったんですって？」

言うほどのことでも。などと笑顔で応じながら立ち止まった卓の前に、旭も立ち上がる。表情は崩さずにすんだが、それでも背筋にざわりとしたものが走る。悪寒のような快感のような不思議な感覚だ。

旭の目の位置が高い。

一体何歳まで成長期ぶるつもりなのだろうか、この男は。

ついに、旭が自分の身長を超えてしまったことが、二度と自分たちが昔の関係に戻れぬ象徴に思えて、卓の心は凪《な》いでいく。

日に焼けた肌。大きなグレーの瞳と、高い鼻筋。昔と違い長めに伸ばした茶色い髪は、色を抜いているのか昔よりも薄い色をして、気障《きざ》ったらしく整えられている。

旭のことが今でも好きだ。ずっとそう思っていたにもかかわらず、卓は本人を目の前にして、その思いが自分の秘めた本音を宥めるために、表層を撫でていたにすぎなかったことに気づかされた。

好きなんて言葉は軽すぎる。

愛情は、簡単に心臓を押しつぶせるだろうほどに重たい。

破裂しそうなほど暴れる胸のうちを、七年間築きあげてきたいろんなプライドや社交術でがんじがらめにして、ようやく卓は笑みを顔に張りつけることができた。

「旭さんは、どうしてこちらに？」

「すみません。俺が連れてきました。夕べ、パーティーでお会いしたところだったんですよ。彼、今回のイベントに随分興味を持ってくれていたみたいで」

へらへらと笑ってお手柄顔をしている空間デザイナーをぶん殴《なぐ》ってやりたいが、ただの八つ当たりだ。

その男に続いて、旭が子供時代からは想像もつかない如才ない様子で唇を開く。

「ぶしつけかとは思いましたが、あんまり魅力的な企画だったので、いてもたってもいられず自分から売り込みに来たんですよ。まさか兄ちゃんがいるなんて思わなくて、いやあ、びっくりしたなあ。あ、こんなところで『兄ちゃん』は駄目か。勢登専務」

昔に比べて低くなった声でそう言って、にやりと微笑む旭は……実に可愛げがなかった。

旭は知っている。卓がもう、兄ちゃんと呼んでほしくはないことを。

それを知っていながらあえて、兄ちゃんと言うときだけ少しゆっくり、強調するように呼ばわるのが気に食わない。

「私もまさか会えるとは思っていなかったからびっくりしてるよ。すっかり大きくなって……」

小さい頃の話でもちらつかせて恥をかかせてやろうか。

やられたらやり返す。の精神を、新会社に入社以来持ち続けてきた唇が誘惑にかられるものの、しかし逡巡《しゅんじゅん》ののち卓は子供時代の話は避けることにした。

今でも、何もかも綺羅星《きらぼし》のように輝く、二人だけの大切な思い出だ。

ここにいる連中にさらけだしたくはない。

「今は立派なモデルか。まさかアメリカでも活躍していたような人に興味を持っていただけるなんて嬉しいよ。ねえ、みなさん」

旭との一対一を避けるように周囲を見回すと、いつのまに懐柔されたのか、若い男性モデルにいい顔をしていなかった浜達までにこにことうなずいている。

嫌な予感がした。

再び旭に視線を合わせると、その懐かしいグレーの瞳が、表情ほどには笑っていないことに気づく。

「勢登くん、旭さんが是非この企画に参加してくれるっていうんだよ。君にも一肌脱いでもらうことになるが、今注目のモデルに興味を持ってもらえるなんてありがたい話じゃないか」

「私も一肌脱ぐ?」

旭と同じ仕事にかかわれる。ということへの感動も緊張も覚えないほど、嫌な予感は腹の奥で膨張しつづけていた。

モデルなんてするチャラチャラした男はなんだかんだと文句を言っていた男が、孫にでも会えたようなほころび顔で言った。

「いや、条件にね、君が旭さんの窓口になってくれたらっておっしゃるんだよ。ははは、お兄ちゃんっこだなあと思うと、かっこいいくせになんだか可愛くてね。どうだい勢登くん、久しぶりにお兄ちゃんしてあげたらどうかね」

「はあ？　ちょっとみなさん、私を売るつもりですか！」

「売るなんて人聞き悪い。兄弟じゃないか。仲のいい」

「そうだぞ兄ちゃん、甘えさせてくれよ。兄ちゃんの仕事ぶり見てたら、俺も改めて仕事への意識磨きなおせるだろうし、万全の気持ちで挑みたいんだよ」

うまいこと可愛げを発揮してのっかかってくる旭は、卓にしてみれば本当に可愛げがなかった。

搦《から》め手から攻めてくるなんて、いつからこんなに油断も隙もない男になってしまったのか。

しかし、卓も負けてはいない。

「冗談はその辺にしてください。こんな大きなプロジェクトで、真摯《しんし》に応じてくださるモデルさんたちにまじって『お兄ちゃんと遊んでもらうために参加する〜』なんてお子様にいられては困ります」

少しは恥をかかせてやろうと言葉を選ぶと、さしもの旭も一瞬眉間に皺を寄せたが、すぐにその口元をゆがめて笑うと首をかしげた。

ちょっと顎の角度がかわる程度の仕草が、どうしてこんなに絵になるのだろう。

「その辺は心配するなよ。実のところ今、年末発表のでかい仕事やってる最中でさ」

「おや、それはお忙しいでしょうから是非そちらに集中してください」

「その影響で、今よりさらに来年は、注目度に関しても貢献できると思うんだけど」

この野郎。という暴言は、旭に対しての思いであり、ついでに「それはすばらしい」と口走る周囲の連中に対してでもある。

頑張って自分でモデルは確保しろ。そんなに旭がいいなら担当者が頭を下げろ。人を窓口とかいって人身御供《ひとみごくう》にさしだすな。

という文句が胸の中でうずまくも、卓の顔には穏やかな微笑みが張り付いてくれている。

その笑顔を見て何か思うところがあったのか、旭がふいと目をそらした。

わずかな沈黙。しかし、二人の間の気まずい空気が漏れだすには十分だ。だが、その空気が広がるより先に、傍らから滝谷が割り込んできた。

「いいじゃないですか勢登専務。お願いしますよ。罪滅ぼしと思って」

人から誤解を受けそうなセリフに頬がひくついたものの、罪滅ぼしという言葉に、旭もまた目を丸くしたのを見て、ほんの少しだけ溜飲は下がった。

食事会を終え、夜遅くに社の個室に戻った卓は引き出しの中から私物のスクラップブックを取り出した。

迷わず開いたページには、かつて旭が自分の手で届けに来てくれた、初仕事のドッグフードの広告写真が丁寧に貼り付けられている。オリジナルではなく、コピーだが。

まだ若い、あどけない横顔。

その横顔と共に思い出す、罪深い自分の決断。

「……」

次のページは、こちらも海外書籍の広告で、古い切り抜きの粗い写真には、窓掃除をしている旭の姿がある。次のページにも、次のページにも、貼り付けられているのは旭の姿ばかりだ。

海外での旭の活躍を追うのは大変なことだった。

モデル事務所に直接問い合わせたこともあるし、思い切って海外とのチャットなんてやってみたりしたこともある。まだパッとしなかった頃の小さな仕事など、ほとんど見逃してしまっているだろう。

それでも諦《あきら》めきれず、暇さえあればしつこく探した。

そしてだんだん「旭の情報が手に入りやすくなってきたな」と思った頃、そのニュースはやってきた。

アメリカで行われるプレタポルテのコレクション。そのステージに旭が立つことになったのである。

今回初登場となる新進気鋭のブランドと契約したという旭はその年、大きなチャンスとともに活躍の場を広げていったのだ。

卓のスクラップブックは、そのあたりから厚みを増す。

値段など気にせずアメリカのファッション誌を毎月購入し、国内雑誌にある小さな海外プレス記事までチェックする。

端《はた》から見れば旭というモデルの熱狂的ファンに見えただろう。

だが、似たようなものかもしれない。

あんな別れ方をしてしまったが、旭の初仕事を見て、喜び、涙まで見せた気持ちは今でも変わらないのだから。

あの日からずっと、旭の活躍を願っていた。

あの日からずっと、旭の成功を祈っていた。

そして、旭が輝けば輝くほど、卓もまたその陽光に照らされるようにして、今まで頑張ってこられたのだ。

兄ちゃん。

と、今日久しぶりに耳に触れた声を思い出す。

少し低くなって、セクシーな声になっていた。卓より背が高くなり、そして逞しくなっていた。

そしてあの、グレーの瞳。

卓は、日本のある雑誌の表紙を貼りつけたページをめくり、そのど真ん中に居座る旭の写真を見つめ、目元をなぞった。

あれは何歳の頃だったか。本屋で購入した男性向けファッション誌。

幼い旭と二人で見たその雑誌の表紙に、大人になった旭がいる。

十冊でも二十冊でも買おうかと思ったが、どうしてかこれだけは一冊しか買えなかった。

本を手にしただけで手が震え、愛しさがこみ上げた。そしてその愛しさを、うまく日々の中に紛れ込ませ希釈させたつもりだったのに……。

「……ほんと、可愛くなくなってたなあ」

鋭く輝く瞳に、如才ない口ぶり。余裕のある仕草と、色気の漏れだすような男ぶり。

インタビュー記事なんて、暗記するほど読み込んだ。たまにテレビ出演の予定があると、万が一を恐れて他の人にも録画をお願いしている。

まさに旭狂いといった有様だが、見るたびに大人になっていく旭を観察していると、若さゆえの熱情が宥められていくようで心地よかったのだ。

好きでいたいのかいたくないのか、今から考えればよくわからないことをしていたかもしれない。

ゆっくりと、卓は自分のうなじを撫でた。

もう若くない肌は、疲れているのか、冬のせいか、かさかさと乾いている。

「旭……」

ささやいた唇には、じん、と懐かしい痺《しび》れが蘇り、それがなんの痺れだったか思い出したくなくて、卓はすぐにスクラップブックを閉じてしまった。

それから雑務を終えて、コートを手に社を出る。

駅に向かう途中、他業種の担当者から電話がかかってきて「旭さんのこと頼みますよ」などと言われる。携帯電話なんて普及したせいで、こんなときは迷惑なことこの上ない。

溜息とともに、卓はふらふらと人気《ひとけ》のない道を歩く。

まもなく終電だ。タクシーで帰ったほうが早いかもしれない。

公園のようになっている広いスペースの傍らで立ち止まり、卓はそこにあった時計を見上げた。間に合うような間に合わないような、中途半端な時間だ。

わけもなく溜息が一つもれ、白い息が電飾のほどこされた植木のあたりに漂った。

と、その時。

卓はその植木のあたりに誰かがしゃがみこんでいることに気づいて目をやった。そしてすぐに後悔する。

ダウンジャケットやジーパンに身を包んだ若い男が三人。タバコを吸いながらこちらを見上げている。一昔前のような、一見して不良とわかる風貌ではなく、むしろ塾の帰りの若者か何かのような風貌だが、漂う空気やその視線には、こちらを舐めている雰囲気がある。

すぐに顔をそむけて歩きだそうとすると、何が気に障ったのか「おいこら」と言って若者らが立ち上がった。

一生しゃがんで植木の一部になっていればいいのに。

という文句を口にできるわけもなく、卓は素早く目の前にまわりこんできた若者を前に立ち止まった。

「何見てんだよ」

「見てませんよ。どいてください」

「はあ、見てただろ」

肩を小突かれ、卓は困り果ててあたりを見回した。

古いビルと、公園風のスペースに挟まれた道路は狭く、車通りも人通りも少ない。

犬の散歩者を期待するには、少々住宅街から離れすぎているのだが、こんなところでこの若者たちは何をしているのだろう。

まるで、残業帰りのサラリーマン狙いとしか思えない……と、気づいたところで卓は青ざめる。

まさかこれは、ニュースでも話題のオヤジ狩りというやつではなかろうか。

……まだ三十なのに？

うろたえる卓の心中も知らずに、青年らは残酷な現実をつきつけてくる。

「なあおっさん、財布出せよ財布」

「今からどうせソープでも行くんだろ。そんなもんに金使ってないで、未来ある若者に金払えよ」

「おっさんって……まだ三十だから、お兄さんくらいに訂正してもらえないかな」

「はあ？　三十でお兄さんとか図々《ずうずう》しくね？」

「つーか、歳とかどうでもいいんだよ。おっさんくせえんだよ」

いたく傷ついた。

しかし、三人相手に、最近仕事ばかりで運動不足の自分が勝てるはずもなく、卓の背中には冷や汗が流れる。

「ごめん、おっさんとか言われて傷ついたから、帰らせてもらうね、ごめんね」

沈んだ声でそう言って三人の間をすりぬけようとすると、我に返ったように一人に押しとどめられる。黒のダウンコートの男だ。そして、灰色のニット帽男が怒鳴る。

「な、何普通に帰ろうとしてんだよ！　頭おかしいんじゃねえのっ？」

「君たちも三十になったらわかるよ。おっさんじゃないし……」

「お、往生際悪いぞおっさん。いいから、黙って財布渡せばいいんだよっ」

灰色ニット帽が足を踏み出した。慌ててのけぞると、若者の体はパンチの威力とともに一人たたらを踏み、そして転んだ。

「あ、何すんだよお前！」

「いや、された側だろ、避《よ》けただけでっ」

まさか転ぶとは思わず、ついでにこの程度で転ぶような輩《やから》に脅かされているのもなんだか悔しくて、卓は鞄を盾にするように体の前にかかげると一歩あとずさった。

そこへ、黒のダウンコートが体当たりしてくる。

「っ……」

なんとか踏みとどまるが、こちらは喧嘩慣れしているらしく、同時に膝を蹴り上げてきた。腹に思い切り大きな膝がめり込み、あっけなく卓の体は崩れ落ちる。

「ふっ、ぐっ……」

すかさずくずおれた足首を踏みつけられ、脇腹を蹴り飛ばされた。

痛みと衝撃に、頭が混乱している。恐怖と屈辱が一緒になると、目の前が真っ暗になるのだと知った。

財布の中身は五千円。

毎日仕事に明け暮れて、終電まで逃すような日に、こんな男たちに遊びの延長で殴り蹴られなければならないのか。金はとられても、こんな汚辱は我慢ならない。

痛みにひきつる体をなんとか無理やり伸ばして、卓は手にしていた鞄を遠心力にまかせて振ってみせると、誰かにあたったらしい、この野郎という怒鳴り声が響いた。

だが、それ以降なんの衝撃もやってこない。

「げっほ、けほっ……」

胃液がこみ上げるが、なんとか吐き出すのは耐えて顔をあげると、ちょうど目の前を黒のダウンコートが倒れ込むところだった。

うめきながら鼻を押さえる男の指の隙間からは、血が出ている。

「おい、立て。逃げるぞ！」

そう言って目の前に現われたのは、旭だった。

街頭の暗がりの中、黒いニット帽とセルフレームのメガネをかけた地味な格好の男はとっさにその顔まで判別できないが、それなのに卓にはすぐにわかってしまった。

小さな頭に長い手足。美しい体のシルエットを隠すようにだぶついたコートを着ているが、強く手を摑んで立ち上がらされると、その指先から、いろんな記憶が流れ込んでくる。

「っ……」

「卓っ？　怪我《けが》してんのか？」

焦った声とともに、卓の体がゆらりとかしぐ。

ぎょっとして目の前の旭にすがりつくと、それを待っていたかのように卓の体に太い腕がまわりこみ、軽々と抱き上げられてしまった。

まるでお姫様抱っこの格好になって目を白黒させているうちに、旭はあっという間に走り出す。

「おい、こら待て！　ふざけんなくそじじい！」

見ると、植木に投げ込まれたらしい灰色のニット帽の男が拳《こぶし》を振り上げ叫んでいるし、別の男も頭を撫でながら起き上がるところだが、旭は一度も足を止めなかった。

落ちまいと、旭の首にすがりつく。

お互いコート越しのせいで肌は遠かったが、それでもその体温は感じることができた。

懐かしい。昔は卓が旭を負ぶってやったのに、今は自分が……。

幼い旭の告白が甘酸っぱく耳に蘇り、そこに大人になった旭の吐息が混じる。

「おっさんかぁ……」

「何っ？」

「いや、なんでもない」

まだまだおっさんのつもりはない。しかし歳をとってしまったと、強い両腕に抱かれながら、しみじみと思うのだった。

「うわっ。酷いもんだな。明日、病院行けよ、兄ちゃん」

引き返した職場のホテルでは従業員を驚かせてしまったが、部屋をとってソファーに腰掛けると、どっと安堵が胸に広がった。

怪しい黒ずくめの男にお姫様抱っこされている姿を見られてしまったが、まあ仕方ない。堂々としていれば、妙な噂は立たないだろう。

それよりも、一瞬立ち上がれなかったことを旭は気にしていたらしく、部屋に入るとすぐにスラックスを脱ぐように言われた。

高圧的な言い方は可愛くなかったが、助けてもらった手前文句も言わずに脱ぎ捨てると、卓自身自分の脚の具合に眉をひそめてしまう。

強く踏まれたときに圧迫されたのか、足首が赤く熱を持って腫れている。

落ち着いてそれを自覚すると、じわじわとあとから痛みがやってきた。

フロントにシップを頼み、卓は部屋にあるメニュー表を旭に渡した。

「お礼になんでも奢ってやる。好きにルームサービス使ってくれ」

「いい。こんな時間に食わねえよ」

「それもそうか。……いや、それより前に言うことがあったな。助かった旭。ありがとう」

「……」

ぐったりとソファーにもたれたまま、足首の素人《しろうと》診察を許していた卓は、その旭の深刻げな表情を見つめながら礼を言った。

複雑な気分だ。今日再会したときからずっと。

ましてや、こうして助けられてしまうと。

同じような、言いようのない気持ちを抱いているのか、旭も明るさとは程遠い神妙な顔をしてこちらを見上げてきた。

「あんな馬鹿に捕まんなよ」

「難しいこと言うなよ。なんか、地べたに這いずってたから、気づかなかったんだぞ」

「這いずってたって……」

一瞬、呆《ほう》けたように表情を失った旭は、しかしすぐに地べたにたむろする若者でも思い出したのか、頬を緩めた。

「そういうこと言うから因縁つけられるんだろ。ったく、兄ちゃん昔からろくなこと言わなかったけど、磨きがかかったな」

「おい、僕がいつろくでもないこと言ったっていうんだ。あんなに優しくしてやったのに」

「兄ちゃんの優しさなんか、七年前俺にくれた手紙のひどさで、チャラになったよ」

「……」

それを言われると辛《つら》い。

卓が口をとざすと、旭も黙った。

静かなホテルの一室で、旭はただひたすら、卓の赤く腫れた足首を撫でている。

その指先の触れ方は、まるでかつてのあのうなじへの触れ方で……。

ときめくよりも、罪悪感が芽生えた。

「元気にしてたか、旭」

「……ああ」

「モデルなんて、大変だろ。体、無理してないか？」

「ああ。してないよ」

「週刊誌でえらい言われようだったけど、大丈夫なのか？　自宅まで、記者につきまとわれたりしてないだろうな」

「大丈夫だって。っていうか、兄ちゃん週刊誌なんか信じるなよ」

「……そうか。よかった」

嘆息すると、旭が気まずそうに視線を泳がせた。

そうしていると少し子供っぽくて、懐かしい表情になる。

「兄ちゃんは、元気だったか？」

掠れた声の問いかけが嬉しくて、卓は静かにうなずいた。

「父さんと、母さんは？」

「元気だ。その歳なりに」

七年もあればいろいろあった。

しかし、そのどれも言う気になれないまま、卓はそっと旭の手から足を引いた。

ニット帽とメガネはベッドに放り投げたまま。一応あれだけ武装していれば、今日のオヤジ狩りの青年らに旭の正体がばれることはないだろう。

だがそもそも、どうして旭はあんな場所に偶然現れたのか。

考えうる可能性は一つしかない。

「他に聞きたいことはあるか、旭。俺がホテルを出るまで待ち伏せするくらいなんだから、用事があるんだろう？」

しばらく、遠ざかった卓の脚を名残惜しそうに見つめていた旭だが、観念したように立ち上がると、傍らのベッドに腰掛けた。そして、茶色い髪を片手でかき回す。

「うぬぼれるなよ兄ちゃん。聞きたいことなんてないさ。ただ、ビジネスの話をしにきたんだ」

「アポとれよ。そうしたらいくらでもつきあってやる」

「あのなあ……兄ちゃんは、俺に『モデルやってください』ってお願いする立場なんじゃねえのかよ」

「お前のほうから顔色うかがいに来ちゃったじゃないか。今日はご丁寧にごあいさつに来てくださってありがとうございます～なんていってお前のモデル事務所とうまいこと交渉する手だってあるんだぞ」

「そ、そんなことしたって、俺が嫌がれば……」

ふうん。嫌がるんだ。という声を胸に秘め、卓はかすかに旭を睨《にら》んだ。

「自分からちょっかいかけておきながら、思い通りの見返りがもらえなかったら駄々をこねるのか。なるほど、週刊誌、信じてみようかな」

「おい。す、兄ちゃんっ。くっそ、ほんと兄ちゃん、可愛げなくなったな。今日会って、びっくりしてたんだぞ」

苛立ったように立ち上がり、旭は狭い部屋の中を歩き回った。

悔しげな表情は、しかし幼い頃に似ているかと思い期待すれば、全く違う男の顔をしている。

きっと自分もそうなのだろうと、卓は今さらのように実感した。

「僕に窓口になって、何をしてもらいたいんだお前は」

「そりゃあ、いろんなことだよ。腹減ったらパン買ってきてもらったり、喉渇いたらジュース買ってきてもらったり」

「中高生のパシリじゃないんだぞ」

「ふーん。じゃあ大人っぽく、枕営業でもお願いしようかな」

旭のいたずらっぽい笑みは、可愛げがなかった。

冗談なのか本気なのか、それどころか、必死に冗談を装っているだけなのかさえわからない。

再び近づいてくると、卓の座るソファーの肘かけに両手を置いて、こちらの反応を覗きこんでくる仕草は、ひどくいかがわしかった。

自分は今、どんな顔をしているだろう。一抹の不安を感じながら、卓は旭のグレーの瞳を見上げた。

「パン買ってジュース買って、ついでに寝てやったら、仕事受けてくれるのか？」

動揺を感じさせない卓の声音に、旭の瞳が一瞬揺れた。

「ああ、そうさ。あのイベント会社の人も言ってたろ、滝谷さんだっけ？　罪滅ぼしってやつ。安いもんだろう、か弱い青年をアメリカにほったらかしにして一家離散した罪悪感から逃れられるんだからさ」

卓のうなじが、熱く火照る。

旭は、自分が何を言っているのかわかっているのだろうか。

どうしてそんな、卓にとって都合のいいことばかり言うのだろうか。

どれほど沸騰していようと、蓋をしつづけているつもりの卓の愛情が、旭の言葉のせいでさらに過熱されていく。

そのうち爆発して、蓋なんて飛んでいってしまいそうだ。

モデルとして成功を収め、故郷に錦《にしき》を飾るかのように日本に舞い戻り、スポットライトを浴びる男。そんな男が、卓から受けた仕打ちの清算に、セックスを求めてくるだなんて。そんなことを言ったら、自分のような地味な生き物はうぬぼれてしまうぞ。と忠告してやりたいが、そうやって旭を我に返らせるには、あまりにも魅力的な要求だった。

七年見守ってきたスクラップブック。

今日一日で、すぐに蘇った激しい想い。

うなじの熱は昔のように激しくはなかったが、そのかわり七年分の熟成を感じさせる、思わせぶりな熱さだ。

「旭、一つ確認しておきたいんだが、うちのイベントを知ったのは事務所から言われてか？　それとも、僕がいるから？」

「……両方。忘れよう忘れようと思ってた。あんたらにとっちゃ、俺はもう邪魔者か過去の人間なんだろうと思って、俺も一人になったつもりで頑張ってきた。それなのに、ようやく気持ち落ち着いたってときに、目に兄ちゃんの名前が飛び込んでくるんだもんな」

最悪。と言い添えて、旭は自嘲《じちょう》めいた笑みを浮かべた。

色っぽい微笑だ。しかし、その歪《ゆが》んだ口元に、家族に捨てられ孤独だった時代の負の感情が込められているのだろう。

「復讐くらいさせろよ、兄ちゃん」

卓はそっと手を伸ばすと、旭の肩に手をかけた。

昔よりずっとがっしりとしているそこに体重をかけ、顔を近づける。

わずかに旭が目を瞠ったのが見えたが、それも、唇が重なるほど近づくと見えなくなった。

「っ……」

「仕方がないな。これも仕事のためだ。枕営業、させてもらおうかな」

ささやき、唇をついばんでやる。

すると、間近で「くっそ」という呟《つぶや》きが聞こえた。

「いつまでも、ガキみたいな扱いしやがってっ」

余裕のない罵倒とともに、身を乗り出していたはずの卓の体は、次の瞬間ソファーに押しつけられた。

柔らかく懐かしい、唇の感触とともに。


「ん、ふっ……」

シャワーの水音が、耳に心地いい。

狭い浴室に籠《こ》もる湯気は肌に暖かいし、それにうまいこと視界をぼやけさせてくれるからありがたかった。

しかし、そんなぼやけた視界の中でも、目の前のものはさすがに存在感がある。

「くっ……なんなわけ、兄ちゃん。上手くね？」

「下手より、マシだろ……」

上手いということは、気持ちがいいということか。

そんな喜びを胸のうちに収め、卓はそっけない顔をして旭の陰茎に舌を這わせていた。

いざ枕営業。などと気取ってみても、風呂に入るにも卓の脚の調子は悪い。結局、卓が奉仕するどころか、ぶつぶつ言いながら旭が湯あみの世話をしてくれたのが数分前のこと。

なんならここでするか。などと旭が大人ぶるものだから、つつしんで乗らせていただいたのが、今の状況だ。

我ながら情けないことに、触れてしまえば止まらなかった。

愛しい人の肌や性器というものは、これほど興奮するものなのか。

快感にくすぶる体には、シャワーの飛沫《しぶき》さえ刺激が強い。

「卓ってさ、初めての夜も、エッチだったよな」

「うるさい」

「白い腰が揺れてて、太ももに俺のをなすりつけたら、信じられないくらい気持ちよかった」

わざと、悪ぶって言ってみせる態度が可愛くなくて、卓はちらりと旭を見上げる。

だが、思いがけず、旭の表情に笑みはない。

グレーの瞳は意味深に輝き、口淫にふける卓を見下ろすばかりだ。

目を合わせていられなくなって、卓は再び陰茎に向き合うと、旭のそれを両手で優しく支えて大きく口を開いた。そして、ずるずると飲み込んでいく。

旭の腰がわずかに震えたのを感じ、そのことに満足すると、今度は指先を這わせて陰囊《いんのう》ももみしだいてやる。

シャワーの水音にまぎれて、陰茎を吸う水音が鳴り、浴室にこだました。

「ん、んむぅっ……んっ」

別に上手《じょうず》なつもりはないし、そもそも初めてだが、同じ男だ、どんなことが気持ちいいかくらいはわかる。

膨らんだ先端を、自分の上あごに押し付けながら、舌で竿《さお》を撫でまわすと、壁にもたれていた旭がわずかに顎をあげて心地よさそうに声を出した。

少し、可愛い。

何か鬱屈《うっくつ》したものを身の内に抱え込む姿は大人びていて可愛くなかったが、欲望に素直な姿は可愛いかもしれない。

身勝手なジャッジを下し、卓は旭の陰茎も、心ゆくまで可愛がってやることにする。

甘い色の先端を舌先でくすぐり、脈動をなぞるように舌の腹を這わせる。ときおり唇をすぼめて柔らかな皮膚を吸い、喉奥まで飲み込んでやれば、あっという間に限界までそそり立つ。

「復讐くらいさせろ。なんていって、人とセックスしたがるんだから、お前も十分エッチだと思うぞ。あ、さ、ひ」

ことさら甘やかすように名前を呼ぶと、むっとした表情が返ってきた。

しかし、その目元は羞恥に赤く染まっている。

苛《いじ》めているつもりはない。あまり弱味を握られないよう立ち回っているだけのつもりだ。

それなのに、ひどく苛めているような気になってきた。

いや、苛めたいのかもしれない。

兄ちゃん。なんて呼んでくるくせに、オヤジ狩りから助けるときは「卓」などと呼ぶ旭の心の揺れに、自分まで翻弄されているのが我慢ならないのだ。

少し、自分のプライドに驚かされる。

「ん、ふっ……ふぁ、大きくなったな……」

「……やっぱり兄ちゃん、おっさんかもしれないな」

「むっ……」

ありのままの感想を漏らしたつもりが、一本とられた気がする。

仕方なく口淫に集中すると、浴室には荒い呼気と淫らな水音が増えはじめた。

「んん、んっ」

舌の上で、旭の脈動を感じる。性器特有の肌触りに、いつの間にか卓の口腔も感じていた。

ぴくん、と口腔内で陰茎が跳ねるたびに、ぞくりと腰の奥で感じるものがある。

生き物のように脈打つその感触を唇に感じると、その場所から痺れのようなものが生まれる。

気づけば、夢中になっていた。

旭を気持ちよくさせることに。そして、旭を感じることに。

口淫は深まっていき、卓は旭のものを咥《くわ》えたまま激しく頭を前後に振り始める。とたんに、ますます膨らんだ旭のものが口の中で存在感を増し、熱く火照っていく。耳朶に触れる吐息はますます熱を孕み、そっと、大きな手が卓の頭を押さえてきた。

といっても、撫でるような、温もりを感じる仕草だ。

そのやんわりとした接触に安心して、しゃぶる途中、旭の先端に軽く歯をたてた。柔らかなそこに、押し付ける程度の刺激。そして、たっぷりこぼれでた先走りの液をすすりとってやる。

とたんに、頭にあった旭の手に力が加わり、卓は引き剝《は》がされてしまった。

「ん、ぷっ……」

口を窄めていたせいで、最後まで唇でしごいてしまった旭の陰茎は、もう限界だったようだ。

唇が離れると同時に白濁液がほとばしり、卓の顔を汚していった。

「んっ」

「う、わっ……ごめん。かかった」

はぁはぁと肩で息をしながら、欲望に濡れた瞳で謝られ、卓は腰の深いところで淫らな自分を自覚して目をそらした。

そのかわり、口だけは達者だ。

「いいよ別に。枕営業だもんな」

「くっそ……兄ちゃん、可愛くない」

「安心しろ、可愛いのはお前の専売特許だよ」

苦笑とともに卓は、いったばかりの旭のものを軽く舐めると、何もかも任せるようにして浴槽にもたれかかった。

夜は長い。

こんな話に乗ってまで旭と肌を合わせてしまう。そんな愚かな自分への言い訳を考える時間は、いくらでもありそうだ。

年末。初雪が舞う中卓が繁華街を歩いていると、ふと誰かに見下ろされている気がして顔をあげた。

商業ビルの大きな看板コーナーに、新しくオープンする老舗ブランドのディフュージョンブランドショップの広告が貼られている。

スーツに特化したブランドらしく、色とりどりのボタンがちりばめられた中で、モノトーンに加工されたスーツ姿の男は、旭だ。

年末大きな仕事をすると言っていたが、これのことだったのか。

さっそくファッション誌をチェックしなければと思いながらも、卓はその広告から目が離せなかった。

整った甘いマスク。ぱっと見て、まるで旭ではないかのような雰囲気をかもしだす写真には、その一枚の広告で人の心を摑もうとする威力がある。

商品を語りつくす写真の中で、旭はなめらかな布地の一部のように溶け込み、ただそのグレーの瞳だけが、散らばるどのボタンよりも美しく輝いていた。

卓は時計を見た。まだ会議までは時間がある。

そう判断すると、まるで誘われるように商業ビルに入り、広告のブランドショップに向かう。

若い人にもオーダーの楽しみを知ってもらおう。というコンセプトらしい店内は、完成品のスーツよりも、豊富な布見本やボタン見本が少年心をくすぐるような身近さで並べられている。

店員が笑顔で近づいてきた。昔、旭と二人ででかけたショッピングモールで、革のハーフコートをすすめられた。あのときの店員に似ている気がする、なんて思うのは、少しセンチメンタルすぎるだろうか。

「いらっしゃいませ。当店は既製服からパターンオーダーまで扱っておりますので、気になる商品などございましたら、お気軽にお声かけください。オーダーでしたら、今から春や夏のスーツを準備なさるのもおすすめですよ」

「それじゃあ、さっそく一着相談に乗っていただけますか」

そう言って、卓は店内を見回した。レジカウンターに目当てのものを見つけ、指をさす。

「あのポスターに惹《ひ》かれて来たんです。あれを見たら急に新しいスーツが欲しくなって。オヤジ狩りにあわないような、若々しいのを一つ、見立ててください」

オヤジ狩り？　と首を傾《かし》げながらも笑顔を絶やさない店員は「あのポスター、俺も好きなんですよ。男性モデルのポスターが好きだなんてあんまりでかい声で言えませんけど」と言って、ずいぶん親身に相談に乗ってくれた。

翌年。春を迎えた卓のクローゼットには、何年ぶりかの新品のスーツが一着、増えていた。

一九九九年。

スタジオに来ると、あたりまえのことだが旭がいた。

今年は温め続けたプロジェクトがいよいよ動く年で、その分トラブルも多いが、昂揚感がある。

当日までホテルに会場を設置するわけにもいかず、ショーの練習は郊外のスタジオで行われているのだが、散らかったスタジオの中に集まったモデルたちは、さすが本職というべきか、別種の生き物のような存在感があった。

その中でもひときわ目を引くのが旭で、しかし本人にそう言うと、旭は渋面を作って「だから俺は駄目なんだ」とぼやいていた。

プロの世界に、門外漢が下手なことを言わないほうがいいと反省したのは、確かここからそう遠くない、シーサイドのレストランでのことだ。

枕営業。とやらをして以来、旭は宣言通り正式に卓たちの仕事に参加しており、契約の話し合いも自ら参加して真摯な態度を見せていたらしい。卓は率先して彼の窓口になるようなことはせず、その代わり、たびたびホテルにやってくるようになった旭に誘われれば、断らずに一緒に出掛けていた。

旭と、酒を飲んだり外で夕食をとる仲になったというのはなんとも不思議だが、一方で体を重ねたのはあの日が最後だ。

いろんなことを考えている。脈があるんじゃないか、ないんじゃないか。前のエッチで幻滅したんじゃないか、いや、逆に古い恋心が再燃したんじゃないか。

とりとめもない期待や不安を宥めてくれるのは、意外にもこうしてスタジオで旭の仕事ぶりを眺めているときが多い。

「キリ。お前髪いじんなって言ってんだろ」

「あ、すいません」

今日は広告用の写真を撮っているらしく、いつもの練習着と違い、ちらほら本番用のメイクをしているモデルを見かける。

仕事をしているときの旭は、どことなくストイックだ。今も、同じ事務所の若いモデルが、すでにセットしてある髪をいじっていると、飛んでやってきてその手を止めた。

「彼は何を怒っているんです?」

卓がなんとはなしに滝谷に聞くと、答えはすぐに返ってきた。

「髪型をいじってるからですよ。仕事の種類にもよるんでしょうけど、プロが『これがベスト』だと思ってセットしたヘアメイクを崩すのは厳禁です。メイクや服の皺の寄り方さえ、モデルさんはいじらないそうですよ」

「へえ。けっこう神経質なところのあるお仕事なんですね」

「……」

「何か？」

剣呑な瞳で見つめられ、卓はうろたえた。

卓の引きで、旭が本当にプロジェクトに参加してくれるとなったとき、滝谷は一応喜んでくれたが、ちらりと兄弟事情を話したことがあったせいか、また弟を傷つけてはいないか気にしているらしい。

酷い誤解だが「でもアメリカに置き去りにしたんでしょう」なんて言い方をされると反論に困る。

旭との距離が縮み、ともすれば浮かれてしまいそうな自分に冷や水を浴びせるには、ちょうどいい嫌味かもしれないが。

「勢登さん、ちょくちょく旭さんと食事に行ったりしてるじゃないですか。そのくせ、そんな話も聞いてないんですか」

「何しろ、八年分の話題がたまってるので、今はまだアメリカ二年目の夏あたりまでの話しか聞いてないんですよ」

「へえ、壮大な長編ストーリーになりそうですね」

友人の視線から逃げるように、再度旭を探すと、今度はカメラマンと衣装デザイナーに挟まれ、何か真剣に話し合っている姿があった。

なんの話をしているかは知らないが、三者三様仕事の情熱をぶつけているのだろう雰囲気は伝わってくる。

彼の仕事に没頭しているときのこういう姿を見ていると、旭の今後の可能性がまだまだ広がっていくだろう予感を覚える。そして、彼の周りにはもっといろんな人間関係が増えていくのだろう。

それを思うと、旭が卓をどう思っているのか、まだ恋心があるのかないのかなんて些末《さまつ》なこと。

旭が好きなばかりに、枕営業しろ、なんていう誘いを利用して久しぶりに一発やっただけ。自分をそんなふしだらなカテゴリに放り込み、卓は今日も何食わぬ顔をして、目のあった旭に笑顔を向けてみせた。

「なんだ、来てたのか兄さん」

呼び方は改めているものの、意地でも人を兄と呼ばわる旭に、卓はうなずきながら近くのテーブルを指さす。来て早々積み上げた箱は三箱。そのすべてに、ハーク株式会社のホテルのマークが入っている。

「差し入れもってきたんだ。今日の現場責任者は？」

「マジ？　やったね！　ちょっと待ってろよ、えーっと……」

旭が数人に声をかけると、すぐに奥から現場責任者がやってきた。差し入れの旨を告げると、顔をほころばせて大きな声でスタッフらに知らせてくれる。

「ハーク株式会社から差し入れいただきました～」

「やった。ちょっと休憩させて～」

モデルもカメラマンも、その他大勢のスタッフらも、一斉に群がってきたところを見ると、本当に疲れていたようだ。

さっそく、ホテルで売っているプリンの箱を開けると卓は旭に指示を出す。

「ほら、そっちの箱開けてくれ、旭」

「おい、なんで俺が……」

「旭さんが、手ずからプリン配ってくださるそうです～」

「わーい。先輩お願いしやっす！」

「……」

引きつる笑顔で睨まれてしまった。

その器用な笑顔に満面の笑みを返してやりながら、卓もプリンを配りだす。

旭の配る箱の前は、あっという間に女性の列が伸びていった。

「さすが旭さん、おモテになりますね。当日も何か……やってもらいましょうか」

「滝谷さんは、旭に甘いですよね。なんですか、好みなんですか」

「まさか。私の好みは、ボンキュッボンです。けれども自分がイケメンじゃないとね、いずれイケメンに出会ったらこきつかいたいと思うじゃないですか」

「そこの二人、聞こえてるんですけど」

プリンを配り終えた箱を畳みながら、旭が口を挟んでくる。

その手にプリンがないのを見て、卓は首をかしげた。

「なんだお前。自分のプリンはどうしたんだ」

「は？　うわっ、やっべ。おい、誰かプリン二個持ってってないか⁉」

旭がプリンを探している。こちらはいつもの練習着で、少しくらい慌ただしくうろついたくらいで影響はないだろう、と放っておくが、それにしてもなかなか余りのプリンが見当たらないのは可哀想になってきた。

自分のプリンの蓋をはずして、卓はプラスチックのスプーンでプリンをすくうと旭に声をかけた。

「旭、こっちにプリンあるぞ」

「え？　マジ？」

ほいほいと近づいてきた旭に、卓はすっと、ひとさじすくったプリンを差し出す。

とたんに、旭の表情が固まった。

周囲の人々が、兄弟の無邪気な冗談だと思って、笑って見ている。

一瞬、グレーの瞳が卓を見て、睨んだ気がした。だがすぐにその視線は逸《そ》らされると、卓

の挑発に負けてなるものかとばかりに、旭がスプーンを咥えてきた。

「あ、いいな～。旭さんの『あーん』とか、彼女になれたらやってみたい」

誰かがそんなことを言い、別の女が「わかる～」などと言っているが、場の空気はなごやかなものだ。

ただ一人、旭だけは憮然《ぶぜん》とした表情でプリンを飲み下し、そしてさして美味しくなさそうな顔をして「旨い」とつぶやいている。

余りのプリンは、一個どころか箱ごと出てきた。もうひと箱プリンの箱があったのに、別の荷物に紛れてしまっていたらしい。

今度こそ全員にプリンが行きわたり、卓もようやく自分のプリンに手をつけることができた。すでに一口分欠けているプリンをすくい口に放り込むと、ひんやりとした甘味が口腔に広がる。

ふと視線を感じて、スプーンを咥えたまま顔をあげると、旭が自分のプリンに手もつけずに、じっと卓を見つめていた。ああ見えて、律儀なところのある男だ。すでに一口食べてしまったプリンを引き取ろうか悩んでいるのかもしれない。

しかし、何か問いかけるより先に、同じようにプリンに舌つづみを打っていたショーディレクターの若いアシスタントが、羨《うらや》ましげに話しかけてきた。

「旭さんと勢登専務って、ご兄弟なんですよね？　いつもの『兄さん』ってのは比喩でもなんでもなくて。憧れるなあ、兄弟そろって美形で有能だなんて、エリート排出する血筋ってやっぱりあるんですかね」

「おいおい、褒めても余ったプリンくらいしかやれないぞ。旭はともかく、私はエリートとは程遠いよ。流され人生だ。君みたいな夢いっぱいの若い子が憧れるもんじゃない」

職場で、あえて血がつながってないだのなんだの言うのも面倒だ。そこは放置して、卓は称賛の声をうまいことかわしてみせた。

しかし、アシスタントの瞳の輝きはかわらない。

「だって、うちのディレクターがベタ褒めでしたよ」

「へえ？　あの偏……小うるさ……まあ、とにかく、ディレクターが？」

「偏屈で小うるさくてマヨラーで足が臭くてすみません……」

「いや、そこまでは……」

「そのディレクターが言ってたんですよ。倒産した会社の事業譲り受けて、どん底からここまでホテル生き返らせたって。俺達みたいに、仕事がどんなに辛くても夢があるってならともかく、勢登さんとこは本当に厳しかったと思うからすごい精神力だって」

それほどでも、と言って俯いた卓の頬は、微《かす》かに赤くなっていた。

知らないところでそんな風に褒められると、なんと返せばいいかわからない。

しかし、同じ話題に興味のあった人間は他にもいたらしく、中には「今借金どのくらいあるんですか」だの「ほんとにヤクザが取り立てに来たりしたんですか」だのぶしつけな質問をしてくる若い人もいる。いつの間にか、似たような経験のあるデザイナーが語りだし、起業に興味があるらしい女性モデルが耳をそばだてる。

気づけば卓の経験をきっかけに話の輪が広がる中、旭がそっと、テーブルに身を乗り出して顔を寄せてきた。

「なあ、実際どうなんだよ。もう借金とか、ないのか?」

卓は目を瞬《しばたた》いた。

ワインバーで酸味の強い赤ワインに苦笑いしていたときも、プロジェクトのヒントに、と称して酒盗で日本酒を楽しんでいたときも、旭は卓の七年間を聞いてはこなかった。

時折そんな話になりかけても話題を逸らしてしまうから、やはり聞きたくないのだろうと思っていた。

それなのに、どうして今。

「借金は、父さんや倒産した会社の名義だったから、僕は関係なかったぞ。僕のところまで取り立てが来たってだけで」

「……」

何か言いかけて、旭はやめてしまった。

ぷいとそっぽを向かれると、卓としてもどうしていいかわからない。

「でもまあ、勢登さんは本当頑張ったと思いますよ。私なら、斜陽組織の尻ぬぐいなんて、絶望感しかありませんよ」

「私だって別に楽しくやってたわけじゃないですよ。でもほら……踏ん張りどころってあるじゃないですか。自分一人だけの持ち物なら、簡単に捨てるのもありでしょうけど」

父の会社や家族の守り方に難があったとしても、あの行動がなければ、今頃ハーク株式会社の持つホテルは転売され、駐車場かマンションにでもなっていただろう。

滝谷の会社も苦難が多かったせいか、しみじみとした声音で相槌が返ってくる。

「そうなんですよね。たまにね、ぱあっと、責任もしがらみも全部、捨てたくなったりはするんですけど。そうできない道を選んじゃうと、とことん戦うしかないんですよね」

「そうそう。そして戦った結果、こんな大規模なプロジェクトに参加できるわけですから感無量ですよ。ここだけの話、うちの先代が、一家心中選ぶようなタイプじゃなくてよかった」

そっと笑うと、滝谷も笑った。

あの豪胆で無口な鬼瓦顔は、一家心中どころか泣き言だって似合わない。

ふと旭を見ると、父親の話題が懐かしいのか、いつの間にかまた、ぼんやりと卓を見つめていた。

暗黙の了解。というのだろうか。

卓は旭の携帯電話の番号を聞いたことがないし、旭も聞いてくることはなかった。かつて卓が朝帰りばかりしていたときや、アメリカにいたときだって連絡手段は限られていたのに、その距離が、こんな端末一つで一瞬にして縮まってしまうのが少し悔しいのだ。だから、その日携帯電話にかかってきた知らない番号の相手が旭だったときは、驚いた。

『いきなり悪い。スタッフに口が軽いのがいたから、兄ちゃんの電話番号聞いたんだ』

「なんだ……そっか」

再会して一年と少し。旭との間の小さな防波堤が崩れた気がして、卓は知らず落胆の声を出していた。

『なんだよ。俺からの電話、嫌なわけ？』

「いいや。お前と携帯電話番号を交換しないのは、僕にとって特別なことだったんだ。それが今日終わっちゃったなと思って。電話自体は嬉しいよ。声だけ聞くと、ほんと知らない人みたいだな」

昔はもっと、高い声だったよな。と言って笑うと、旭も『何言ってんだよ』と笑った。

『俺は単に聞けなかった。兄ちゃんは何もかも変わりすぎてて、未だに慣れないんだよ、俺』

「さんざんホテルに来ては食事に誘ってくるくせに、何をカマトトぶってるんだ」

『兄ちゃんって呼んだとき、少し動揺してくれたくせに、もう動揺してくれなくなった。平気で、俺が口をつけたスプーンでプリンを食う。俺は兄ちゃんがわかんねえよ。もしかして、あの枕営業は、言い訳じゃなくて本当に正真正銘、ただの枕営業だったのかなとさえ思ってしまう』

静かな、しかし息継ぎのほとんどない早口に気圧《けお》され、卓は押し黙った。

『兄ちゃん、聞いてる？』

「酔ってるのか？」

『いいや。俺もびっくりしてる。いつも兄ちゃんの顔見たらうまく言いたいこと言えなかったけど、顔が見えないってのは話をしやすいもんだな』

帰宅したばかりの卓は、背広を脱ぎ捨てると自室のベッドに腰掛けた。目の前の壁には、スーツブランドのポスターが貼られている。

我ながら重症だが、卓の顔を見ずにしゃべっているつもりの旭を前に、旭の顔を見ながら喋っている自分の姿が、少しおかしかった。

「何か、言いたいことがあったのか？」

『ああ。たくさんある。でもどうしても今日は、伝えなきゃって思ったから、勇気を出してみた』

「お前の勇気は、アメリカでスターになる力のある勇気だ。受け止めきれるか怖いな」

『茶化すなよ』

むっとしたような旭の声に、卓はひそかに微笑んだ。

きっと、昔懐かしい、唇をとがらせた可愛い顔をしているに違いない。

『兄ちゃん、父さんの連絡先知ってるか？』

「いいや。あの人は徹底してるよ。今は母さんとは繋がってるようだから、会いたかったら母さんか、前の会社の専務さんに連絡入れてる」

『あ、そう。俺も、その経由で会えるかな』

息苦しくなって、卓はネクタイの結び目に手をかけ、ゆるゆると引き抜いていく。

卓の部屋には旭のポスター。

父の部屋には、きっと旭の「恐怖の大王」の絵が飾ってあるに違いない。父の暮らしぶりがどんなものかは知らないが、一人暮らしの父にとって、あれは唯一の同居人だろう。

「今度相談してみるよ。ただし、会うときは僕も同席だ。いいな」

『別に恨み言を言おうってわけじゃないさ。むしろ、謝りたくて』

「謝る？　お前が謝ることなんて何一つないだろう」

当たり前のように言い切ると、電話の向こうが静かになった。

『兄ちゃん……家族が大変なときに、一人だけ、安全なとこに逃げたまんまで、悪かった』

「……」

耳朶から、懺悔《ざんげ》の言葉が響いてくる。

卓は昼間の話題を思い出していた。さして深いところまで話してはいないが、冗談めかして「父が一家心中選ぶ人じゃなくてよかった」などと言わなかったか。

ずっと旭は、気にしていたというのだろうか。

『みんなに捨てられて、最初は恨んだよ。恨んだけど、大人になると嫌でもわかることもある。少なくとも俺は今、もし自分に家族がいて、父さんと同じ状況に陥ったとき、家族守る方法とかわかんねえわ』

「旭……」

『まあ悲しかったけど、物理的に俺は今まで無傷だったわけじゃん。そのことに気づいた日にさ、俺オーディションだったんだ』

「オーディション？」

『アメリカで、でかいプレタポルテのコレクションがあった。ニューフェイスのブランドのオーディションに受かったよ。スポットライトを浴びながらランウェイを歩いたあの日、俺は生まれて初めて、兄ちゃんの手も、親父の手も離して一人で歩いた瞬間だった』

顔を見ていないほうが話しやすい。という言葉は嘘ではなかったらしく、旭の言葉は次から次から湧き、そしてそのどれもが穏やかで優しかった。

卓は、携帯電話を持つ自分の手が震えていることに気づいた。

けれども、電話を切ることができない。

これ以上聞いてはいけないと思うのは、なんの予感か。

「何度も会って食事をして、お前と初めて酒なんか飲み交わす仲になったのに、どうして電話じゃないとその話ができなかったんだ」

『……だって兄ちゃん、あんまり綺麗に笑うから』

思わず、卓の口から失笑が漏れた。

何を馬鹿な。仕事柄、極上の「綺麗」をいったい旭はいくつ見てきたのか。そのくせそんなことを言うのだから、冗談としては趣味が悪い。

しかし、旭の口調は真剣だった。

『兄ちゃんが、俺の最初の「綺麗」だよ。絵もファッションも好きだけど、そもそも俺がそういう綺麗なもの好きなのは、兄ちゃんが綺麗だったからだ。どんなに綺麗なものを見たって、いつでも恋しいのは兄ちゃんの笑顔だよ』

「……旭、父さんに会いたいんだろう？　その話をしよう」

『駄目だ。これも大事な話だぞ。だって、明日は七月なんだから』

言われて、卓は机上に貼ってあるカレンダーに視線を移した。

「ああ。明日からいよいよプロジェクトの本番月だ。忙しくなるな」

『違うよ、馬鹿』

懐かしいフレーズ。

しかし、卓の中の不安は濃くなっている。

『一九九九年の七月だぞ。世界が滅びるかもしれないから、その前にちゃんと言っておきたいんだ』

ノストラダムスの大予言。

懐かしいフレーズが、卓の不安の渦の中から顔をのぞかせる。

絡まったり解《ほど》けたり、切ったり継いだりしていた卓と旭の糸は、辿っていけばそこに行きつくのではなかったか。

『卓』

「よせ旭……」

『俺、ずっと前から、卓のこと好きなままだ。どんな人と出会っても、卓よりも俺にとって大切にしたい人はいない。だから、卓のその、昔より完璧になっちまった笑顔の下で、本当は俺のことどう思ってるのか、正直に聞かせてくれないか』

卓は通話終了ボタンを押した。

電話は切れて、軽い携帯電話の通話口の向こうは、無音となる。

旭の話を聞けてよかった。間違いなくその気持ちはあるのに、同時に、旭との距離を簡単に縮めてきた携帯電話という存在が憎かった。

電話なんて、出なければよかった。

一九九九年。七月三十一日。

夏休みが始まり陽気な街の中で、プロジェクトの火ぶたは切って落とされた。

伝統工芸品実演や展示のコーナーは昨日から盛況で、ファッションショーは今日が本番だ。

この一か月は仕事も大詰めで忙しく、卓は旭とは会っていなかった。

ついでに、今日にいたるまで、世界が滅びそうな様子もない。

夕べはホテルの従業員室に泊まり、夜明けとともにホテルを一周してステージなどの確認を終えた卓は、その足で専務室に出勤した。今日は、一日中プロジェクトの様子を見に外にいるだろうから、事務作業は今のうちに片付けておきたい。

しかし、そのつもりの指先が、ふといつものスクラップブックを取り出してしまう。

旭の歴史を、ゆっくりとめくるうちに、薄暗かった部屋は除々に明るくなってきた。

——俺、ずっと前から、卓のこと好きなまんまだ。

その言葉への悦《よろこ》びの大きさと、罪悪感の大きさは常に同じだ。

旭が父を許したときから不安だった。その優しさで、卓のことも許してしまうのではないかと。

思わせぶりな態度で、甘い夜を過ごしたくせに、手ひどい手紙で別れを告げた。

あれは、父のした「苦渋の決断」と同じ土俵で語られていいことではない。

スクラップブックの中の旭を飽きもせずに眺めながら、卓はうなじを撫でた。

あの頃卓は若かった。突然父の秘密を知り、自らの意思でこの家族を大切にしたいと思ったからこそ、旭を切り捨てた。熟慮する暇などなかったし、したところで大した案は思い浮かばなかっただろう。

けれども今ならどうだ。

今年で三十一。流されるまま、良い子ちゃんで居続けたあの頃と違い、今の卓はそれなりにしたたかになり、そしてそれなりに柔軟になった。

今の自分ならきっと、あの日に戻ればもっと旭を傷つけない別れ方ができたはずなのだ。言葉を尽くして事情を説明してもいい。アメリカに行った旭のもとに、足繁く通ってやることもできる。あの頃インターネットがもっと普及していたら、別れ際にメールアドレスの一つも交換できた。

細い糸で繋がり、旭を一人ぼっちにすることはなかっただろう。

若さゆえに、一番酷い方法をとり、そして自分は、お兄ちゃんぶった。

卓って呼んで。なんて言って、兄であることをやめたくせに、最後の最後に、またお兄ちゃんという偶像に逃げ込んだのだ。

急なノックの音が、卓を現実に引き戻した。

顔をあげると、社員の一人が慌ただしく入ってくる。

「すみません専務。花火の件でまた揉めたらしくて、消防の方が来てるんですけど」

「また？　わかった、すぐに行く。ああ、もうそのまま朝の会議出てこっちに戻らないだろうから、悪いけどここの資料全部鞄に入れて、ステージのほうに持って行っといてくれないか」

「わかりました。あ……専務、今日のスーツ、なんか雰囲気いいですね」

「そう？　もったいなくてなかなか着られなかったんだけど、せっかくの記念日だから。今度お店紹介するよ」

「ははは、お願いします。似合ってますよ」

卓は、礼を言いながらスクラップブックを閉じて机の隅に寄せた。そのまま立ち上がり、鏡で軽く自分の姿を確認する。

動揺も罪悪感も未だ色濃いが、旭がモデルを務めるブランドのスーツは、皮肉なほどに着心地がよかった。


簡素なステージは熱気に包まれている。

人が集まるか心配だったファッションショーには大勢の人々が押しかけ、豪奢《ごうしゃ》な伝統織物による近代ファッションに溜息が漏れ、籐《とう》細工で作られたドレスには拍手が湧いた。

クライマックスが近い。

最初こそ客の顔をしてショーを楽しんでいた卓だが、そろそろそうも言っていられず、アフターパーティーの監督に行かねばならない。あまりその手のことで目立ちたくないのだが、多くのスポンサーを呼んだ功で、衆目の前で挨拶までやらされる予定だ。

鞄に詰め込んだ招待客などのファイルが、ショーの終わりが近づくにつれ重みを増していたのは気のせいではないだろう。

しかし、どうしても旭の出番だけは見たくて、卓はステージの裏手へと移動した。関係者ブースの片隅からなら、見終えた後にパーティー会場に走ればすぐである。

ホテルのホールから外庭まで使った斬新なステージは夕方のこの時間になっても大勢の人が集まっており、モデルが出てくるたびに歓声があがった。そして、そろそろ鞄を地面に下ろそうかと悩み始めたそのとき、あたりに一際大きな歓声が湧き起こる。

角度が悪いせいで、一瞬だった。目の前のステージを、颯爽《さっそう》と歩いていく旭の姿。

藍染《あいぞめ》の上着の裾を、異様なほど長く後ろにたなびかせ、鹿子《かのこ》のシャツを中に着た姿はおとぎ話から出てきたような不思議な様相だった。

日本の彩豊かな衣服に包まれたその体はのびやかな長身で、彫りの深い面貌《めんぼう》は、異国情緒を醸し出している。グレーの瞳が前を見据えてひたすら歩く。そして卓の前を通りすぎ、その背中は明るいほうへと遠ざかっていってしまった。

ひどく、象徴的なことのように思えた。

次の時代につなごう。そんな意図から作られる衣装を着て、旭は卓を置いて歩いていく。

それが一番いいことじゃないか。

それが、またお兄ちゃんぶった思考回路だとは気づかぬまま、卓は旭の輝きを見守っていた。

ファンがいるのだろう。手を伸ばしてはしゃぐ少女を警備員が制止している。再び歓声があがり、次のモデルが出てくるが、卓は旭しかもう見ていなかった。

くるり、くるりと長身が舞台で回る。

格好をつけて、けれども堂々たる態度で、見せるべきものを魅せて、そして今度は颯爽と戻ってくる。

旭の瞳はまっすぐ前を見つめ、ステージから掃けるそのときまで、余計な動きを見せなかった。当然卓と視線がかちあうこともなく、時代の流れそのもののように、颯爽と現れ、颯爽と消えていく。

ずいぶん長い間、見つめていた気がする。

けれども時間にすると、ほんのわずかな間だ。

それなのに卓はしみじみと思っていた。なんて男に惚《ほ》れたんだろうかと。

きっと自分は、一生かかっても旭への慕情を忘れることはできないだろう。もう、うなじどころではない、胸も腹も、どこもかしこも旭に触れられたように熱い。

熱にうかされたように、ふらふらとその場を逃れると、卓は急いでパーティー会場に向かおうとした。人気の少ない涼しい屋内で、水でも飲んで仕事をすれば、きっとこの興奮は少しは収まってくれるだろう。

ぼやぼやしていたらこの熱気に飲み込まれて、今日はもう何も考えられなくなりそうだ。

それなのに、人の気も知らずに背後から強く腕を引かれ、卓は驚いて振り返った。

ちょうど、ステージの裏方から、ホテルの従業員通路に入るところだ。

仕事の用事かと思い振り返った先にいた相手を見て、卓はあっと声をあげてしまった。

「旭っ……」

卓の腕を摑んでいるのは旭だった。

さっきの格好のままなのに、すがるような眼差《まなざ》しで、肩で息をしながら向かい合っていると、急に衣装の雰囲気が変わって見える。

あのステージに立っている間、旭が衣装をアピールするためだけに全身全霊を注いでいたことに気づかされ、同時に、旭があれ以来電話をしてこなかった理由も思い知らされた。

最初から、このステージを卓が見に来ることを旭はわかっていたのだ。

そして、自分の仕事を見せつけて、そうしてからまた同じ質問をしようと思っていたのだろう。

自分の持てる全ての財産で、俺を選べと訴えかけてくる旭の情熱は、こんなに至近距離にいてはかわすのも難しい。

慌てて卓は身をよじった。

「旭、悪いんだけど兄ちゃん急いでるんだ。アフターパーティーの準備をしないと。お前だって、出るだろう？」

「はい、か、いいえ、で答えてくれればいいから、そんなに時間は取らせない！」

強い言葉に、卓はあたりを見回した。

それなのに、こんな時に限って人影はない。もうじきフィニッシュを迎えるステージの裏方にみんな集まっているのだろう。

眼前で、旭のグレーの瞳が揺れていた。

彼の瞳は、いつも卓を見つめては、何かを求めるように揺れている。

「卓っ」

兄ちゃん。と卓のほうから言って牽制したのに、あっけなく名前を呼ばれる。

「卓、そのスーツ、俺のポスター見て買ったのかっ？」

「っ！」

卓は息を飲んだ。

好きか、嫌いか。そんなようなことを言われたら、即座に愛情を否定して逃げ出すつもりだったのに、出鼻をくじかれる。

そして、はい、としか答えられないその質問に胸が弾んだ。

旭のポスターを見て買った。それはきっと、どんな言葉よりも確たる愛の表現になるに違いない。

思わず旭の手を強く振りほどく。とたんに、抱えていた鞄を取り落としてしまう。

踏んだり蹴ったりだ。

溜息を吐いてしゃがみこもうとしたそのときだった。

鞄の口から地面に流れ出たファイルが数冊、ばさばさと床で弾んで開かれる。そしてもう一冊、私物のスクラップブックも。

「あっ、嘘っ……!」

なんでこれがここに。

と思ったときにはもう遅く、旭がしゃがみこむと、床で広がったスクラップブックを手で押さえていた。だがその手は、震えている。

「卓、これ……」

「……」

開かれたページは、なんのいたずらか、ちょうどアメリカのファッションショーに初めて旭が立ったときのものだった。何部もの英字新聞をとりよせ、何冊もの海外のファッション誌をとりよせた。

旭はこのときもう、父を許していたのか。

そんな話題をぼんやりと思い出しながら、卓はじっと自分の、旭を思いつづけた証明を見下ろし膝をついた。

「……旭、悪かった」

ぽつりと、今までずっと言えなかった、言う資格もないと思っていた言葉がこぼれる。

旭がどんな顔をしたかは見る勇気がなくて、ただ、昔の写真にある動かぬ笑顔だけを見つめる。

「八年前、あんな別れ方して、悪かった。あんな手紙嘘だ。お前と初めてキスして、初めて寝た。あのとき言ったことのほうが、全部本当だよ……」

視界で、スクラップブックを押さえていた旭の手が、ずるずると離れていく。

そして、その手が今度は、ゆっくりと卓の頰に伸びてきた。この手は、まだこの期《ご》に及んで自分を甘やかそうとするのかと思うと、苦笑さえ漏れる。

「僕のやり方が間違ってた。ただでさえ父さんがお前を切り捨てるってわかってるのに、よりによって、僕は追い打ちかけるみたいな酷い方法でお前を切り捨てたんだ。今なら……今の歳なら、もっと他にいろいろ思いつくのに、あのときの僕は馬鹿だったんだ」

「卓、そんなこと、ずっと気にしてたのか……？」

意外な言葉に、卓は我知らず旭を睨みあげていた。

ようやく直視できた旭の表情は、呆けたように緩み、灰色の瞳は大きく見開かれている。

「そんなこと？　そんなことって言うくらいなら、お前あの別れ方、傷つかなかったのか！」

「傷ついたよ！　傷ついたに決まってんだろ。父さんと違って、恨みたいのに恨むのも辛くて……帰った当初はどんだけ荒れたか」

「だったら許すなよ！」

叫んで、旭の手を振りほどくと卓は足元に散らばっていたスクラップブックと資料をまとめ、鞄につっこむ。そして立ち上がりながらなおも怒鳴った。

「そんな目にあっても僕を許して、また僕を甘やかしてやろうなんて、そんな優しさの無駄遣いするな！　お前は自分がどんだけ輝いてるかわかってるのか。もっとふさわしい場所も人もほかにたくさんいるのに、昔の馬鹿のとこに戻ってくるな！」

勢いのまま腰をあげたのに、立ち上がることはできなかった。

それどころか、さっきよりも強く腕を引かれ、腰を抱かれ、地べたに尻餅《しりもち》をついてしまう。ぐいと卓を抱き寄せる旭の腕はやはり知らない男のように強く、そして震えていた。頭まで抱きかかえられてしまうと抱きすくめられる形になり、旭の表情は見えない。

シルクの藍染の上着が、場の空気を読まずに愚か者を優しく受け止めてくれていた。

「卓、お前何言ってんの？」

「わからん！　ただお前が、お前があんなひどい目にあったのに、ひどいことした奴のところに、ほいほい戻ろうとするのが嫌なんだよ！」

馬鹿。と聞こえたのは、頭上から。

懐かしいフレーズは、静かな声音で、今まで聞いた中で一番優しい音だった。

「そんなこと言ったら、俺どうなるんだよ。ガキの頃からずっと俺は馬鹿やって、拗ねて、ふてくされて、兄ちゃんに迷惑ばっかりかけてた。それなのに、卓は絶対俺のこと受け止めてくれたじゃん」

あんな、子供の可愛い駄々と、自分のやったことを一緒にされては困る。と思うのに、これまで意固地《いこじ》に旭を拒絶してきたにもかかわらず、卓は反論できなかった。

「卓さあ、わかってないだろ。当時はいろいろあったけど、俺、今子供時代思い出したら幸せだった記憶しかねえもん。それって、全部卓のおかげなんだぞ。俺といつも一緒にいて、俺をいつも幸せにしてくれたの、卓じゃん。そんな卓の、たった一回の過ち、俺が許さないわけないだろ」

ぐっと、長い間胸の奥で膨らんでいた罪悪感が、どろどろと溶けていく。

そして、溶けた雫《しずく》が、目尻から出ていこうとしている。

作品を汚してしまう。と、慌てて卓は身を起こすと、指先で目元をぬぐった。けれども、

ぬぐってもぬぐっても涙は止まらない。

「なあ、卓。俺に、お前のこと許させてくれよ。俺ずっと……五歳差埋めたくて、ずっと、今度は俺が卓を守りたいって思ってて……」

もう、無理やり抱き寄せてきたりはしなかったが、旭が卓の涙に狼狽《うろた》えたように瞳を揺らし、そしておずおずと問いかけてきた。

さっきよりもずっと優しく、けれども、有無を言わせぬ調子で。

「卓、そのスーツ、俺のポスター見たから、買ってくれたのか？」

いい歳をした大人の男が、二人そろって地べたに膝をついて何をしているのだろう。

それでも今、卓は旭と二人きりのこの場所が、懐かしい我が家のような気がして、気づけば八年分のしがらみもなにもかも忘れて、甘えるようにうなずいていた。

「そうだ。お前のポスターだったから買った。他の仕事だって、八年分ずっと見てた。ランウェイを歩くお前は、いつでも、くじけそうな僕を守ってくれてたよ……」

扉の向こうで、歓声があがっている。

ショーのフィナーレは近い。

旭を、早くステージに戻してやらなければ。

そう思うのに、卓は旭からの接吻を拒絶する気にはなれなかった。五秒で終わらせるには名残惜しい、触れあうだけのキスは、濃厚だった初めてのキスより甘く、そしてしょっぱかった。

イベントの片付けも大部分が終わり、まだ忙《せわ》しなく動き回っている人はいるものの、卓はパーティー準備も雑務も終え、一息ついていた。あとはやっておくわよ、なんて、母も珍しく上機嫌で優しい。

しかしその優しさが、ほんの少しうしろめたく感じるのは、このわずかな休憩時間を利用してホテルの一室にいるからだろうか。

モデルの数人が、仕事が終わったあとそのまま宿泊するためにホテルの部屋をとっているのは知っていたが、旭もその一人だった。

普段あんなに格好つけていたくせに、部屋に誘う段になると、珍しく子供の頃のような不器用さを見せた旭が可愛くて、今卓は、こうして旭の部屋のベッドの上で、恋人ともつれあっている。

シャワーを浴びたばかりの二人の肌はすでに熱を帯び、なぜバスローブなんて着たんだろうと思うほど、布一枚が邪魔で仕方ない。

「あ、すっげ。夢じゃないよな。また、枕営業とか言い出さないよな、卓」

抱き合いながら、雨のように顔にキスを降らされ、卓はくすぐったくて笑いだしてしまった。

「言わないよ。っていうか、枕とか言い出したの、お前だろ」

「あ、うん。ごめん」

神妙な声を出すくせに、キスは止まない。

瞼に、こめかみに、耳に。また中央に戻ってきて、今度は唇に。

分厚い唇は、押し付けてくると熱い粘膜がいやらしく吸い付き、卓の肌はすぐにざわついた。

大きな手がバスローブの中に入ってきて、太ももをまさぐられれば、自然と腹の奥が期待にうずく。

「なあ、卓。あのさ、嘘だからな」

「ん？」

何が、と言って旭の頭を優しく抱きしめてやる。茶色い髪を手櫛《てぐし》ですきながら、卓もその頬にちゅっと口づけた。

甘やかしあうような触れ合いが心地いい。

「き、去年。俺いっぱい変なこと言ったからさ。復讐させろとか、枕営業とか。あれ、全部嘘だから」

「ふーん。怖かったのになー、嘘だったんだー」

「す、卓こそ、そういうの全部嘘だろ！」

「ははは」

身を起こしてまで抗議してきたのが可愛くて、卓は旭の顔を抱き寄せると接吻した。唇を薄く開き舌を出すと、誘われたように旭も舌を伸ばしてくる。綺麗に並んだ歯をなぞり、前歯の裏を舐めると、抱きしめた旭の体が快感に震える。

その様が可愛くて、卓は一層深く、舌を伸ばしていく。

唾液の水音が部屋に漂い、ついばむばかりだったキスのときとは違い、次第に二人の呼気は荒くなっていった。

深まる口づけは、だんだんどちらが攻めているのかわからなくなり、旭の舌もまた、卓の口腔を犯しはじめる。

分厚い舌は、相変わらずそこから卓を食べてやろうかとばかりに、内頬も上あごも、舌の付け根も、容赦なくねぶってくる。

粘膜をすすられる感触に、たまらず腰が揺れ、旭の体にこすりつけてしまった。

「あ、すごい。いやらしい」

ささやかれ、頬が火照る。

しかし、否定するには感じすぎていた。

旭の唇が離れていく。そのことに名残惜しさを感じて、舌を伸ばして追うと、去り際の旭の舌先と触れ合い、唾液が一瞬、糸を引く。

その余韻を味わう暇もなく、旭の唇は顎に触れ、ずるずると喉元に落ちてきたかと思うと、鎖骨に到達する。

美しい真一文字の凹凸《おうとつ》を齧《かじ》るように舐められ、卓は身を震わせた。

どこもかしこも敏感になっている。

「ん、ぁっ、こら、旭……っ」

「あっれ、またお兄ちゃん顔してんじゃねえの、卓？」

「馬鹿っ、そうじゃなくて、見えるところに痕ついたらどうするんだっ……」

「……いいのになあ。卓に俺の痕つくの」

「な、夏だし、どこで薄着になるかわかんないだろっ」

「じゃあ、冬になったらつけていいか？」

くすくすと、冗談めかして言う旭の言葉に、しかし卓は少しときめいてしまった。

冬になっても一緒にいられるのか。こんなことをしていられるのか。

そう思うと、鎖骨に残る歯の感触が愛おしい。

「ふ、冬なら、いい……」

思ってもみない返事だったのだろう。

旭は、じっと卓を見つめて喉を上下させると、熱い呼気を漏らした。そして、さっきよりもずっといやらしい触れ方で、肌に接吻を落としてくる。

胸の上を舌が這いずり、ゆっくりと乳首に近づいていくのを、卓は懐かしい思いで見守っていた。

「ぁっ……」

右胸の突起を、ぱくりと咥えられる。

熱い口腔の空気につつまれたそこは、急な刺激と、そして旭にすすられているのだという自覚からひどく敏感で、じんじんとした痺れを体中にひろげていった。

ちゅっ。と、音を立てて吸われ、尖った先端に舌を押し付けられた。

熱いその粘膜に、耐えきれずに肩が震える。

そこは嫌。そんな往生際の悪いことを口走りそうになるほど、胸で感じている自分は恥ずかしい。

唇を噛んで耐えていると、なおさらすすられ、そのつど腰をしならせるうちに、なんだか悔しくなってきた。

卓も、シーツを握ってばかりいないで、両手で旭の背中をさぐりはじめる。

柔らかく撫で、もどかしい手つきで彼のバスローブをはだけていくと、その隙間に自分の手をもぐりこませた。

人肌の接触に、旭の肌も粟立ち、そこをさらにざらりと撫でると、胸の上で旭の熱い呼気が幾度も触れた。

濡れた突起に触れる呼気が、ねっとりと肌を這っていき、結局のところ、旭を撫でるつもりが自分で自分の快感を煽ることになってしまった。

「ん、ぁっ……ふ、旭、そこばっかり……じゃないか」

「だって、可愛いから……」

「可愛いって、なんだよ」

いつまでも乳首から離れがたい様子だった旭だが、結局折れてくれた。

そしてその代わり、また唇が下肢のほうへと降りていく。

腹筋の凹凸を舌でなぞられ、へそにそっと息を吹きかけられると、くすぐったくてたまらなかった。

なめらかな腹の肌をたっぷり舐められると、その皮膚の下まで刺激されている気がして、ぞくぞくする。

快感は、どこからでも湧いて、みんな一緒くたに繋がっていくようだ。

そして、お互いほとんどバスローブがはだけた姿のまま、旭の唇が卓の太ももの付け根にたどりついた。

緊張と羞恥に、卓の動悸《どうき》が激しくなる。

旭の指先が、薄い卓の繁みをかきわけ、すでに柔らかく頭をもたげはじめている陰茎をつつく。

「っ……」

身を竦《すく》ませると、今度は熱い息を吹きかけられる。

何をされても感じてしまいそうな卓のものは、ねっとりとした呼気につつまれ、もどかしげに震えていた。

「ぁ、ぁっ。旭……」

「枕営業のお返し」

「え？　あっ」

懐かしい一言ののち、卓のものはぱくりと旭の口に咥えられた。

乳首を咥えていたときと変わらぬ熱い口腔が、今度はもっとも敏感な場所を攻めたててくる。

咥えられたそばから、唾液がからみついてきて、そのとろりと流れる感触に竿の肌が震えた。その上そのまま吸われ、どっと敏感な場所からの快感が下腹部を蠢く。

一度口づけられた喉も乳首もへそも震え、何もかもが繋がっていきそう。

本格的に卓の足元にうずくまると、旭は何度も角度を変えて頭を上下させてきた。健気《けなげ》なほどのフェラチオは、長らく旭を見守ってきた身には刺激的な光景だ。

あのグレーの瞳がちらちらと自分を上目づかいに見て、あの唇で自分のものをすすっているなんて。

とてもいけないことをしているような気になるのに、そのくせ気持ちよすぎて、腰がどうにかなってしまいそうだ。

ぬるぬると、口に含んだまま舌で竿をしごかれ、卓は情けない吐息を漏らした。

ぐっと、尻肉を摑む旭の指先は器用なもので、指を尻たぶに食い込ませたまま、親指だけは二本とも卓の後孔をまさぐっている。

乾いたそこに、かさつく親指が優しく這っていくと、自分の意思とは関係なくひくひくと震えてしまう。

「ぁん、ぁっ、旭……っ。どう、しよう。僕も、何してやろうか？」

このままでは、頭のてっぺんからつま先まで、何もかも旭についばまれ、貪《むさぼ》られ、自分ばかり愛されているような気になりそうだ。

だから思わず発した問いかけは、しかし旭の「大丈夫」という言葉にはねのけられる。

「今は時間ないし、俺が、卓をめいっぱい愛したい。それじゃ駄目か？」

「ははは、可愛いこと、言うんだなあ」

「だから、可愛いとか言うなって」

「大丈夫だ、可愛げないときは、全然ないから」

「ったく……」

くすくすと笑って見下ろすと、旭はふてくされた顔をして陰茎を口から離した。

そして今度は、舌でぐりぐりと先端をいたぶってくる。

「あぅ、あっ」

すでに先走りの液体が滲みではじめていたそこはとても敏感で、舌先をすぼめて、小さな鈴口に押し込むようにして舐められると、じんとした痺れが尾てい骨のあたりまで流れてきた。

このままだと、本当に先にいってしまいかねない。

しかし、旭はそのつもりだったらしく、卓の戸惑いを余所に、卓の雄芯への口淫を激しくしていく。

たぷたぷと揺れる陰嚢を口腔でころがされながら、旭の両手が卓の太ももの付け根をなぞり、そしてゆっくりと外へ向かって蠢きはじめた。

抗うまいと、旭の手の動きに従うと、じわじわと脚を開かされる格好になる。

膝が震えた。全て見られるのだという自覚に。

腰ひも一本でひっかかっているだけのバスローブなどもはやなんの役にも立っておらず、割り開いた脚の間で、限界まで煽られた卓のものはそそり立って揺れていた。

その先端を飽きもせずに舐めまわすと、旭はまた、ぱくりとそれを咥え込んでしまった。

「ぁうっ」

すすりながら飲みこまれ、根本まで食まれる。

そしてぐちゅぐちゅと音を立てて竿をしごかれたら、あとはもう、すぐだった。

「ぁっ、あっ、駄目だ、もっ……ぁっ」

一人だけ淫蕩《いんとう》なほど翻弄され、いかされる。

そうとわかっていても止められず、卓の体はわずかに硬直を見せたのち、熱い吐息とともに欲望を吐きだしていた。

「はぁ、ぅっ……」

しゃぶられ続けた快感と、射精の開放感の余韻がたまらない。

しかし、旭が口を離さなかったことだけが気になり目を瞬かせると、旭がグレーの瞳をぎらつかせてこちらを見つめてきた。

そんな顔して、人のものしゃぶってたのか。

本当に食べる気だったんじゃないのか。

とりとめもないことを考えている卓の目の前で、旭がこれみよがしに口を開く。

とたんに、白濁液がその色気のある唇からしとどにこぼれ、卓は赤面した。

「ふ、ぅっ……」

「卓、顔見せて」

出したものを手で受け止め、卓の腹に塗りつけながら旭が見下ろしてきた。

シーツに埋まるようにして顔をそむけていた卓だが、視線だけで旭を見上げると、欲望にぎらつく瞳はそのまま、ふわりと笑われてしまった。

「可愛い……」

「よせ。可愛いとか言うな……僕のほうが年上なんだぞ」

「ははは。だって、可愛いもん。っていうか、エッチかな……卓、すげえエッチ」

そう言いながら旭が卓の腰を摑むと、乱暴にはならない程度の力加減でこちらの体をうつ伏せにしてきた。

されるがままシーツに沈みこみ、卓はふと思い直して、僅かに腰をあげてみせた。

鏡がなくてよかった。きっと、自分では見るに堪えない恥ずかしい格好をしているに違いない。

その予想を肯定するように、旭が生唾を飲む音が、やけに部屋に響いた。

「旭？」

「な、なあ卓。本当にあの余裕のある態度って、俺のことからかってただけだよな？」

「なんだよ。また枕営業の話か？」

「こんなエロい格好して、すごく慣れてる感じ」

「あんまりしつこいと、さあどうだろう、とかなんとか、腑に落ちなくなる返事をするぞ……」

「どんな脅し文句だよ、それ。……でもやめろよ。絶対俺、そういうこと言われたら無駄に悩むほうだから、やめろよ」

さっきまで格好よかったくせに、あまりに必死になるものだから、卓は笑ってしまった。

笑うなよ、と拗ねられるが、それもまたおかしい。

笑われたのがよほど恥ずかしかったらしく、ちぇっ、と一言つぶやくと、旭はベッドサイドにあったコンパクト大のケースを手に取り、卓の臀部《でんぶ》をそっと撫でてきた。

鈍い肉を包む敏感な肌が、乾いた指先にしっとりと吸い付く。

その感触を楽しむように、旭の手は何度も何度も卓の尻肉を撫でた。

なんだか恥ずかしい。

「あ、旭、いつまで……」

「だって、すげえ気持ちいい。昔から思ってたんだけど、卓って、肌柔らかくてすべすべだよな」

「昔って、どのくらい？」

「んー。出会った当初？」

「そんな小さい頃から変態だったのか。残念な奴だな」

「卓、そんなに一生懸命、俺にボロを出させようとすんなよ」

軽口の理由をしっかり見抜かれていたことに、今度は卓が拗ねる番だった。

シーツにポテンと頭を沈めて黙りこくると、苦笑が背後から降ってくる。

だが次の瞬間、旭は気楽なやりとりも忘れて、愉悦の予感に体を戦慄《わなな》かせた。

「あ、な、何っ……」

次に、旭の手が尻に触れてきたとき、その手はこってりと濡れたものがついていた。

ぬるぬると滑る指先が臀部をつかみ、やわやわと揉みこんでいく感触に、卓は喉を震わせる。

「クリーム。ホテルって空調完備だから肌に悪いだろ。いつも持ち込むんだけど、こういうときも便利だな……」

さっきのコンパクト大のケースか、と合点がいき、卓はわずかに身を起こし、四つん這いになると股の間から旭のほうを覗き見た。

自分の脚が邪魔で全ての景色は見えないが、足元に転がったシルバーの缶の蓋が開き、中に白く上質のクリームがたっぷり詰まっているのが見える。そして、卓の足元で膝立ちになっている旭の体の変化も……。

まだ一度も触れていないのに、旭のものはそそり立っていた。

バスローブをはねのけ、赤黒い屹立《きつりつ》が、今にも卓の中に入りたそうに揺れている。

生々しいその陰茎に、同じ男のものだというのにどうしてか恥ずかしくなって卓は再び肩までシーツに落としてしまう。

もう、二回も肌を重ねたのに、どうして今さらこんなに羞恥が溢れてくるのだろう。

「な、なんだか初めてやるみたいだ。恥ずかしいことだらけだな……」

「いいな。三回目の初めてか。どうりで、ドキドキするわけだ」

卓の声は濡れていて、旭の声は、掠れている。

たっぷり揉みこまれた臀部の中央に指がそわされ、ついに後孔を押し広げられた。

ほころんだそこを、さらに奥まで緩めようと旭の指先は蠢き、内壁をまさぐる。

埋め込まれた指が、腹側にくいと曲げられたとき、卓の臀部がいやらしく跳ねた。

「んっ……」

「ここ？　卓、ここ、気持ちいいのか？」

「……」

素直に答えるべきか一瞬悩んだ隙に、また同じ場所をくすぐられ、今までとはくらべものにならない快感の渦に、卓はシーツに取りすがった。

「う、ぁっ、あ。旭、そこっ、あんまりしたら……」

「んー、なんだろう。あんまりしたら、気持ちよくて嬉しくなる？」

「ち、がっ、んっ！　は、ぁっ、あぅっ、嫌だ、そんな、いじりまわすな、馬鹿っ」

押し込められた指先は、クリームをなすりつけるようにして、卓の敏感な場所を何度も何度も押し撫でてくる。

震える粘膜が、何ごとかと収縮し、やめてくれと言わんばかりに旭の指に吸い付いた。

だが、そうなると今度は狭道全体で異物感を感じてしまうことになる。

どうしていいのかわからなかった。

尻を振っても快感は腹の奥でうねり、息を吸っても吐いても、後孔は収縮を繰り返して刺激を深めていくばかりだ。

気持ちいい。けれども良すぎて、体の中がおかしい。

「あっ、あっ、駄目、だって。旭、旭っ」

「卓、可愛いな。こんなに……指に吸い付いてきて。可愛い」

「駄目って、言ってるのに……」

「でも、俺今からここに、もっと太いの挿れるよ？」

「っ」

「俺の、挿れて、もっとこの震えてるところ、いっぱい、いじめてしまうと思うんだけど」

「そんなこと、言わなくてもいいだろ、っ……」

正直、想像した。

さっきの、そそり立っていた赤黒いあれが、今指のいるところに入ってきて、敏感なその場所を押しつぶすようにいたぶられるのかと思うと……。

「ぁんっ、あっ、も、無理。そんな指ばっかりじゃ辛い……」

「そう？　挿れても、いいか？」

甘えるようにささやかれ、その声が卓の背中を撫でていく。

気づけば大粒の汗がいくつも肌を濡らし、その一滴一滴さえ、卓の中から官能を引き出そうとしていた。

指が、中から抜けていく。

その代わりに、存在感のある熱い塊が、卓の入り口をつついた。

見るのは恥ずかしいが、こうして背中越しで見えないというのも、鼓動が激しくなるものだ。

ドキドキして、急に、旭の声が聴きたくなった。

「あ、旭。そこにいるよな？」

「いるよ。俺、これからはずっとそばにいる」

「……旭、ずっと言い損ねてる気がするんだが」

「ん？」

ぴたりと、亀頭が後孔に吸い付く。

昔と違い、先端をねちねちと食いこませながら腰を進めてくるその余裕が、可愛いような可愛げがないような。

いつものようにそんなことを思いながら、きっと何も言えなくなってしまうだろう前に、ささやいた。

「僕も、ずっと、好きだから。あれからもずっと、一日だって途切れずに」

「……」

一拍の間。

直後に、卓は体が裂かれるような衝撃に息を飲んだ。

「ひっ、ぅっ……」

シーツにすがりついて、いきなりやってきた圧迫感に耐える。

余裕も何もない、ねじ込むような腰つきで、旭のものは卓の中に入ってきていた。

たまらず、陸に打ち上げられた魚のように口を開くが、それでも衝撃は止まず、あとから襲ってきた快感とごっちゃになって、腹がけいれんするようにひくついた。

「あぅ、あっ」

「ご、めん……」

降ってきたのは、押し殺したような雄の声だった。

「旭っ……」

「嬉しすぎて、可愛すぎて、なんか、一瞬頭真っ白になった。ごめん卓、大丈夫、かっ」

旭の吐息も荒い。強く卓の内壁に絞り上げられ、その感触に翻弄されているようだ。

そしてそのまま、旭はゆっくりと卓の背中に覆いかぶさってきた。

ぴったりとのしかかられると、いっそう結合が深くなり、腹部が陰茎に圧迫される。

クリームにたっぷり濡れた粘膜は、最初こそ激しい挿入にひきつっていたが、じわりじわりと旭の陰茎を包み込みはじめていた。

「あ、旭っ、も、動いていい、からっ……」

必死の訴えは、しかし意外な愛撫に阻まれる。

うなじに、熱を感じた。

いつもの熱だと思いきや、しっとりと濡れたものが触れる。

「はぁぅっ……」

腰がくだけるような快感とともに、卓の口からは情けない嬌声が漏れていた。

だが、快感は腰にとどまったまま抜けきってくれない。

のしかかってきた旭が、卓のうなじを舐めたのだ。

卓が無自覚だった頃から、すでに旭への慕情を自覚していたふしだらなうなじは今、熱く分厚い旭の舌に這いずりまわられ、体中をとろかすような刺激を発している。

「ふぁぁ、あっ。旭、ぃ……」

「卓、動くぞ」

言うやいなや、腰が揺れた。

のしかかったまま、旭が重たげに腰を振る。

抜ききって入れるような大きなストロークではないが、奥深いところで、ぐちぐちと道を広げるように粘膜をかきまわされる、その感触はもどかしく、そしてうなじからの刺激と直結するようないかがわしい快感で卓を攻めたてる。

水音が二人の間で激しくなり、揺さぶられるたびに脈打つ旭のものが、卓の前立腺を柔らかくこすりあげた。

へその裏あたりが、ずっとぐずついたように愉悦に揉まれ、だんだんそこから、旭と溶け合ってしまいそうな気になる。

「すごい、卓……俺のと一緒に、解けちゃいそうなくらい熱い」

「あ、あっ、そんなの、お前のが、熱いせいで……ふ、ぁうっ」

うなじのあたりでささやかれるたびに、卓は身悶《みもだ》えた。

揺さぶられるたびに、自分の陰茎もシーツにこすれる。

まるで、もっともっとと求めるように自然と卓の腰は浮いていき、それに応じるように、旭もうなじから離れ、身を起こすと深い抽挿をくりかえすようになってくる。

一度果てたばかりなのに、追い上げられるのはあっという間だ。

うなじも、もうどうにかなってしまったように熱いままだし、腰の奥深くは、旭の存在に喜んで震えている。

耐えきれなくなって、卓はシーツから片手を離すと宙をかいた。旭、と呼ぶと、すぐにその手を大きな手の平が包み込んでくれる。

手をつないだまま、旭はすぐに卓の中に押し入り、深い場所で動きを止めた。

荒い吐息が降ってくるが、その獣臭さが、また可愛かった。

「卓っ」

名を呼ばれ、卓は背をしならせた。

腰の奥深くで、旭のものが震えて爆《は》ぜる。

熱い迸《ほとばし》りを内壁に感じて、その欲望の量に卓は酔いしれたように腰を揺すり、シーツに己の陰茎を押し付ける。そして、卓もまたその前後からの刺激で二度目の絶頂を迎えた。

「ぁ、ぁっ……ぁっ……」

「は、ぁっ、なあ、卓」

「ん、ふぁっ……」

再びのしかかってきた旭の吐息が、うなじにかかった。

横目で見上げると、旭がこれ以上ないほど真剣な顔をして見下ろしてきている。

「あ、旭?」

「……アフターパーティー、トンずらできないかな」

「……馬鹿!」

罵《ののし》りながらも、卓の口元はほころんでいた。

そんなに一緒にいたいというのならいてやろうじゃないか。ただし、パーティーが終わってからだが。

快感の余韻に、震える声で笑う卓を、旭のグレーの瞳が、幸せそうに見つめていた。


アフターパーティーは宴もたけなわで、気づけば他業種のもの同士が笑いあい、酒を注ぎあい、盛り上がっている。

プロジェクトが、今後どんな発展をとげるかわからないが、今回はイベントの終了というよりも、息の長いショーの始まりの日のような、そんな予感をさせる一日だった。

挨拶や各担当者との酒の交わしあいもとうの昔に終え庭に出ると、小さな花火大会が始まっていた。騒がしいと思ったら、若いスタッフが手持ち花火を持ち込んでいたのだ。

ホテルの許可はとっている、と母のサインを見せられ、こういうときだけは仕事が早いんだから、とぶちぶち言うと、隣で旭が笑っていた。

「あ、でもちょうどいいかも。なあ卓、俺らもこっちで花火しねえ？」

「スーツに火花が飛んだら嫌だなあ」

「大丈夫だって！　こっち空いてるから、こっちこっち」

何やら、ジャケットの内ポケットをしきりに気にしながらの旭の仕草に首をかしげながら、卓は誘われるままに庭の一角に足を向けた。

庭では五か所、大きな缶詰の空き缶に火種が詰めこまれ、燃えている。

その一つを前にして、旭は花火ではなく、ポケットの中から取り出した布きれを手にとった。

きょとんとしていると、いたずらっぽく瞳を輝かせて、旭がそれを目の前にかかげてくる。

しばらく、そのピンクの布きれを見つめていた卓は、じわりじわりと記憶の奥底から浮かび上がる思い出に、目を丸くした。

「嘘だろっ、懐かしい……まさか、これにお目にかかれるとは」

「ふふん。俺は約束は守る男だからな。いい火種になりそうだ」

いつだったか。あの頃はまだ自分も学ランを着ていた。

ノストラダムスの、世界滅亡の予言の日。

ピンクのハンカチに、死んでほしくない人の名前を刺繡《ししゅう》して、一九九九年に燃やせば、刺繡してもらった人は無事生き残ることができる。

まさに今年、今月が話題の渦中で、テレビ番組でも久しぶりにノストラダムスがとりあげられていることは知っていたが、プロジェクトのために多忙だった上に、旭と電話で揉めたときノストラダムスの話題を聞いたせいで、あえて卓は世界滅亡だのなんだの、そんな話を避けていたのだ。

まさか旭が、このおまじないまで覚えていて、その上こうして七月に燃やそうと、持ってきていたとは……。

「ラッキー。あとで卓と一緒に、ライターでこっそり燃やそうかとか思ってたんだけど、花火の火種にするほうが派手でいいや」

「おいおい、本当に燃やすのか？　なんか……写真とかに残さなくていいのか？」

「こんなの残してどうすんだよ」

「お前が、僕にいたずらばっかりするくせに、こっそり心配して刺繍してくれた思い出じゃないか」

「は、恥ずかしいこと思い出させんなよ……」

思い出すもなにも、ピンクの布に黒々と縫われた卓の名前を見れば、嫌でもその記憶はセットだろうに、調子のいい男だ。

だが、その卓の名前の続きを見れば、呆れるよりも頬が緩んでしまうのは仕方がない。

鷹浜卓。

母さん。

父さん。

ママ。

卓が覗き見てしまって以降も、ずっと縫い続けていたのだ。

幼い子供が、卓にも、父母にも、そして実母にも死んでほしくなくて。

「あと五分で日付かわるけど、この布きれだと、お前に効果がないなあ」

そう言って、卓はポケットからボールペンを取り出した。刺繍ではないから無意味だろうが、それでもどうせ燃やしてしまうなら、旭の名前を書いておきたい。

「っていうか、僕ももう、鷹浜じゃないしな」

「はは。ほんとだ。でもさ、勢登さんと鷹浜さん、じゃあ、だいぶ他人っぽくていいじゃん」

「いいって？」

「エッチするのに、罪悪感がないだろ」

布きれに弟の名前を書き終え、卓はそのボールペンでぴしゃりと旭を叩いた。

痛い。と抗議するが知ったことではない。

冷たい仕草で布きれを返すと「ほんとのことなのに」とぶつぶつ返ってくるから、懲《こ》りない男だ。

その旭が、自分の名前の加わった布きれを満足げに眺めると、ついにそのおまじないを空き缶の火種に投入した。

ぼう、と炎が大きくなり、めらめらと布きれを飲み込んでいく。

卓は近くに並べてあった花火を二本とり、一本を旭に手渡した。

「よし、やろう。世界滅亡しても死なないついでに、きらっきらの人生になりますようにって」

「ははは、マジで？　激しい人生になりそうだな」

布きれが、形を失っていく。

ピンク色の布地の中で、目立っていた黒い糸も、そのうち判別がつかなくなってきていた。

「皆様お疲れ様です。日付も変わろうとしておりますが、ここで一つ、地球滅亡までのカウントダウンを……」

パーティー会場のほうから、そんな声が聞こえてくる。

笑い声が起こり、十からのカウントダウンが始まった。

卓と旭の手元で花火が火を噴く。

「なあ卓。本当に、ギリギリ一秒前とかに、恐怖の大王降ってきたらどうしよう」

「大丈夫だろ。恐怖の大王、父さんの家の額縁の中にひきこもってるから」

「……マジでっ？」

オレンジ色の火花がとめどなく、灰になりつつある布きれめがけて吹きかけられる中、ゼロまで数え終えた人々の、意味のわからぬ拍手が起こった。

ハンカチの燃えた煙はどこまでも高く昇っていく。

一九九九年八月。

卓と旭にとって、新しい日々が始まったのだった。

あとがき

はじめまして、こんにちは、黒枝りぃです。

一九八〇年代のことを調べる自分のパソコンが、ウィンドウズ7。というところになんとも言えない時代の流れを感じてしまう今日この頃。

晴れて二冊目の機会をいただきました。今回のお話は短編を十個組み合わせたような構成にチャレンジ。うまくいっているか、完成した今もなお緊張しきりですが、他愛ない十年分の兄弟の日々の積み重ねを、アルバムのような感じで楽しんでいただければ幸いです。

正直今回は、執筆時間よりも調べものの時間のほうが長かったような気がします。

ネットや図書館で当時の雑誌などを漁りつつ、あら懐かしい（どう懐かしいか言うと年齢がばれるという恐ろしさはノストラダムス大予言の比ではない）と流行語やヒット映画に目を細める中、作中にはまったく関係なかったのですが大変懐かしかったものが、ダイエットブームの変遷でしょうか。テープダイエットやりんごダイエット、寒天やらプーアル茶やら紅茶キノコやら……。すっかりすたれて、今は昔と違って科学的根拠に基づいたいい製品があるような雰囲気が漂っていますが、なんだかんだいって美容関係の製品も十年先二十年先、まったく違う顔を見せているんだろうなあとしみじみ思いました。

だから最近流行のダイエット頑張らなくていいや。

今年は二〇一四年。作中最後の章から、十五年が経ったことになります。卓も旭もすっかり中年ですが、最近は熟男ブームとかなんとか耳にしますし、きっと二人で素敵な歳の取り方をしているでしょう。

なんてことを思えたのは、今回イラストを担当してくださったコウキ。先生のおかげです。繊細で華やかな二人が、数年かけて少しずつ成長していく姿に嬉しくなり、二人はこのイラストのように優しく暖かい関係を続けていってくれるのだろうなと思えて幸せでした。ありがとうございます。

また、担当様には大変お世話になりました。短編一話ずつっぽい構成……というのが個人的にはとても新鮮で楽しかったのですが、いろいろとご提案くださってありがとうございました。楽しいとかいいながら、とんでもない右往左往ぶりを見せてしまった記憶がないこともないのですが、今後も精進いたしますので、よろしくお願いいたします。

最後に、この本をお手にとってくださった方へ。本当にありがとうございました。

少しでもたくさん萌えていただけるものが作れるよう、これからも頑張りたいと思います。

またお会いできる日が来ることを願いつつ、失礼いたします。

黒枝　りぃ

✦初出　弟と僕の十年片恋……………書き下ろし

黒枝りぃ先生、コウキ。先生へのお便り、本作品に関するご意見、ご感想などは
〒151-0051 東京都渋谷区千駄ヶ谷 4-9-7
幻冬舎コミックス　ルチル文庫「弟と僕の十年片恋」係まで。

幻冬舎ルチル文庫

弟と僕の十年片恋

2014年10月20日　第1刷発行

✦著者	黒枝りぃ　くろえ りぃ
✦発行人	伊藤嘉彦
✦発行元	株式会社 幻冬舎コミックス 〒151-0051 東京都渋谷区千駄ヶ谷 4-9-7 電話 03(5411)6431［編集］
✦発売元	株式会社 幻冬舎 〒151-0051 東京都渋谷区千駄ヶ谷 4-9-7 電話 03(5411)6222［営業］ 振替 00120-8-767643
✦印刷・製本所	中央精版印刷株式会社

✦検印廃止

ISBN978-4-344-83254-1　C0193　Printed in Japan